La mujer trompo

Liz Ardans

La mujer trompo – 1.ª edición, 2024
ISBN 978-9915-42-734-8
Montevideo – Uruguay

Autora: Liz Ardans
Correctora: Dámaris Pettersson
Diseño de portada: Liz Ardans (con IA)

Sitio web: www.lizardans.com
Instagram: @plumaluciente

A Guille, mi sol.

A mamá, mis raíces.

A papá, mi fe.

A Juan, mi nido.

A Maggie, mi espejo.

Gracias.

Contenido

I

El nacimiento de Agripina Moreau se sintió como una bocanada de aire fresco, una señal de que el mundo todavía tenía muchas cosas buenas para ofrecer. No solo había nacido finalmente una niña viva, después de que su madre perdiera dos embarazos, sino que además ese día se dio por terminada la Segunda Guerra Mundial. Así que la casa de los Moreau estaba doblemente de fiesta, incluso la pequeña ciudad de Montevideo parecía celebrar su llegada. Hija de inmigrantes franceses que llegaron a América escapando de la guerra, la pequeña creció soñando con el viejo mundo y añorando cosas y lugares que nunca había conocido. En su mente infantil nada parecía más mágico que pasear por *Champs-Élysées* o ver el atardecer desde los puentes del Sena. Su madre, Adele, le describía los lugares con lujo de detalles, tanto que la pequeña podía ver los colores, oler los aromas y sentir los sabores como si estuviera allí.

Adele tenía mil historias: de cuando era niña y vivía con sus padres en *Provins*, un hermoso pueblo medieval famoso por sus rosaledas, o de cuando tenía trece años y se mudaron a París para abrir una pastelería. También solía contarle a su hija sobre las visitas al Palacio de Versalles, con sus salones suntuosos, que la remontaban a épocas más antiguas aún, o los pícnics familiares en los jardines de Luxemburgo. Pero la historia que a Agripina más le gustaba era la de cómo conoció a su papá. “Entró en la panadería vestido con un traje azul a rayas. Parecía un señor muy serio, un banquero o alguien importante. Yo atendía el mostrador y le pregunté qué necesitaba, pensando que me pediría una *baguette* o algún otro pan, y él me dijo con un tono muy gracioso, como si fuera un niño travieso: 'Chocolate, lo más rico que tengas con chocolate', y me hizo una guiñada como buscando que fuera su cómplice en alguna travesura. Le señalé una pequeña tarta con masa de almendras, *ganache* de chocolate y fresas, y él asintió con la cabeza. Y volvió al día siguiente por otra tarta. Y al otro. Cada día que venía hablábamos un poco más, hasta que finalmente me invitó a ver una obra de teatro. Él era actor y amaba el teatro casi tanto como el chocolate”.

A pesar de que salieron de Francia a las apuradas, los Moreau pudieron traer consigo algunos ahorros que invirtieron en una pastelería, ya que Adele había aprendido el oficio de sus padres, y lograron una vida decente en poco tiempo. Adele se encargaba de la cocina y Pierre se ocupaba de la parte administrativa del negocio y, la verdad sea dicha, les iba muy bien. Tanto así que cuando nació Agripina, tres años después de instalarse en la capital rioplatense, pudieron comprar una casona en el barrio Cordón, cerca del cuartel de bomberos. La casa era muy antigua, por lo que necesitaba unas cuantas reparaciones, pero tenía “un potencial enorme”, decía su padre, que imaginaba un montón de niños correteando de un lado a otro. La enorme claraboya que oficiaba de techo del patio interior dejaba entrar mucha luz, creando una especie de invernadero donde tenían un montón de plantas con flores de diversos colores. A Agripina le gustaba jugar a las escondidas allí, mientras su padre fingía que no la veía acurrucada entre las frondosas plantas. También les encantaba comer en la pequeña mesa del patio, en invierno al mediodía, para aprovechar los rayos del sol que calentaban el ambiente, y en verano a la noche, cuando ya estaba más fresco, bajo el cielo estrellado.

Agripina era una niña feliz. Inquieta como un colibrí, se pasaba saltando y bailando por la casa, e inventando coreografías. Su cuerpo delgado se doblaba como un junco de maneras que no parecían humanamente posibles y con una gracia que dejaba a todos boquiabiertos. A nadie le sorprendió que a los seis años le dijera a su madre que quería ser bailarina y, unos meses más tarde, ingresara a la academia de danza más prestigiosa de la ciudad. Pierre sentía que, a través de ella, de algún modo estaba haciendo realidad su sueño de ser actor. No era lo mismo, pero entendía su deseo de estar arriba de un escenario, de expresarse a través del cuerpo, y la apoyaba en todo momento. En cada presentación, Pierre se ponía más nervioso que su hija. Se sentaba en primera fila y aplaudía con tanto entusiasmo que nadie dudaba de que era un padre orgulloso.

Adorada y alabada por todos a su alrededor, creció convencida de que el mundo era un lugar amable y que sus sueños podían hacerse realidad. En cuanto cumplió los dieciocho años se presentó a un concurso para integrar el cuerpo de baile del SODRE, la compañía de danza más importante del país, y cumplió su sueño de convertirse en bailarina profesional. Pero ella sabía que ese era solo el primer escalón. Lo que ella más anhelaba era ir a París y bailar en el *Palais Garnier*, y no iba a parar hasta lograrlo.

Dos años después de entrar al SODRE su maestra de danza le consiguió una audición para la obra *Giselle* en un pequeño teatro parisino y no lo dudó ni un instante. Armó las valijas y, con la osadía de quien quiere comerse el mundo y sabe que tiene las condiciones para hacerlo, viajó a París acompañada de su madre. Ambas estaban emocionadas, una por el futuro que la esperaba y que ya podía rozar con la punta de los dedos, la otra por los recuerdos que llevaba atesorando tantos años.

Volver a París había sido el sueño de Adele desde el día en que decidieron alejarse de la guerra e iniciar una nueva vida. La carrera de Agripina era la excusa perfecta para regresar, aunque solo fuera por unos pocos meses, hasta que estuviera instalada. Si bien no le encantaba la idea de dejar a su pequeña allí sola, sabía que era una joven fuerte e independiente y confiaba en que se las arreglaría de maravillas. Además, Pierre no estaba bien de salud y no podía dejarlo solo mucho tiempo.

> "No puedo más de la emoción. Siento que las piernas me tiemblan solo de pensar que estoy yendo a París. ¿Cómo será la gente? Tengo que ser valiente si quiero alcanzar mis sueños. Voy a dar lo mejor de mí, voy a trabajar sin descanso. Nada, nada me va a detener".

II

Llegaron al aeropuerto de *Orly* cuando la ciudad recién se estaba desperezando. París es como un niño remolón al que le cuesta despertarse, y da vueltas y vueltas en la cama con su pijama a rayas, tapándose la cabeza con la sábana para estirar la noche un poquito más. Dejaron las valijas en un pequeño hotel cerca de *Sacre-Coeur,* de esos antiguos que huelen a fotografías en blanco y negro, cuero y tabaco, y salieron a desayunar en una pequeña cafetería de *Montmartre*. Si bien el sabor de la pastelería francesa no era nuevo para su paladar, estar sentada en esa mesita redonda de mármol rosado, tomando un *café au lait* y comiendo *pain au chocolat* le supo a gloria. ¡Estaba en París! ¡Por fin estaba en París! Quería correr por las calles empedradas con los brazos abiertos y girar y girar como un trompo mientras el sol tibio de la mañana le acariciaba el rostro.

Un par de semanas fueron suficientes para encontrar un pequeño apartamento donde vivir. Para madre e hija era bastante apretado, pero sería suficiente para Agripina sola. Se trataba de una acogedora buhardilla de no más de veinte metros cuadrados en la *Rue Gaillon*, muy cerca del teatro donde tenía la audición para Giselle. Y, si bien solo era una prueba, en su cabeza no cabía ninguna duda de que sería seleccionada. Estaba en París para quedarse y todas las decisiones que tomaba iban en esa dirección.

Por supuesto, tenía razón. Al director de la obra le bastaron cinco minutos para darse cuenta de que "*la petite* Moreau" iba a ser una estrella. Algunas de las otras bailarinas al principio se resintieron un poco por la atención que el Maestro le dedicaba a la recién llegada, pero ninguna podría negar el talento que tenía, ni resistir a su personalidad sencilla y cálida. Era imposible no quererla.

Así que un mes y medio después de llegar a París, Adele dejó a su hija bien acompañada, con un lindo grupo de amigas y supervisada por *Monsieur* Julien, que parecía haberla puesto bajo su ala como si él fuera una gallina y ella uno de sus pollitos. El maestro Julien era muy exigente con ella, porque sabía que tenía condiciones, pero también la trataba con gran afecto. Como sabía que no tenía familia en la ciudad, los domingos la invitaba a almorzar en su casa o a recorrer museos, y siempre que tenía alguna entrada para una obra de ballet, Agripina era la primera persona a la que invitaba. No era el vínculo que tenía con Pierre, claro que no, pero a falta de su padre, Julien era su principal admirador y su mayor apoyo.

La joven sentía que era capaz de comerse al mundo y que todo conspiraba a su favor. Todavía le faltaba un largo trecho para llegar a bailar en el *Palais Garnier*, pero solo debía tener paciencia. Su vida era la danza y a ella le dedicaba todo su tiempo. Sus salidas se limitaban a alguna fiesta de cumpleaños y una o dos idas al cine al mes con uno de los asistentes de producción del teatro, que tenía otras intenciones, pero se había conformado con ser su amigo. Ella no tenía tiempo para enamorarse.

> "Estoy en el mejor lugar del mundo. ¡Amo estar en París! Desde mi balcón puedo ver el *Palais Garnier* y me imagino cuando finalmente pueda bailar allí. Mi pequeña buhardilla tiene algo muy mágico... ya me siento como una francesa. ¡Amo París! A veces me dan ganas de gritarlo por la ventana, pero no quiero que los vecinos piensen que estoy loca. Me gusta asomarme cuando hay viento y las ramas de los árboles se sacuden como bailarinas hawaianas que rozan con sus polleras la baranda del balconcito".

Sin embargo, en medio de toda esa felicidad, algo la tenía preocupada. Su cuerpo de niña, delgado y sin curvas, que se había mantenido casi sin cambios hasta pasados los veinte, estaba comenzando a transformarse en el de una mujer más voluptuosa y eso no era algo deseable en una bailarina. Su busto había crecido un poco, aunque eso se podía solucionar fácilmente con un buen corpiño, pero sus caderas redondeadas no eran tan fáciles de disimular. En pocos meses se habían ensanchado bastante y, aunque trataba de comer lo menos posible, nada parecía detener esa transformación. El médico le decía que eran cambios hormonales normales, un poco tardíos. No era que estuviera gorda, para nada. De hecho, la mayoría de las mujeres darían cualquier cosa por tener su curvilínea figura, pero para Agripina el nuevo cuerpo se sentía como una cárcel de la que no sabía cómo escapar.

La tercera vez que se presentó a una audición para un rol y no la eligieron, entendió que su sueño de ser la primera bailarina del *Palais Garnier* se había esfumado. De la noche a la mañana su vida se convirtió en un agujero negro, un callejón sin salida. ¿Quién era ella sin la danza? No podía imaginarlo... Durante dos semanas no salió de la buhardilla y todos los que la querían estaban muy preocupados. Varias de sus amigas iban a visitarla y le llevaban comida, pero Agripina estaba desahuciada. ¿Qué iba a hacer con su vida ahora?

No pensaba seguir bailando y ser una del montón, no podía soportar la idea de ver a otras alcanzar el sueño que ella había acariciado durante toda su vida y ahora se le escapaba sin que pudiera hacer nada para evitarlo. Y tampoco quería volver a Montevideo vencida para que todos hablaran de su fracaso a sus espaldas. Tal vez podría abrir una pastelería, pensaba a veces. Los años ayudando a sus padres terminarían por resultar útiles después de todo... a fin de cuentas era una tradición familiar. Pero el éxito de la pastelería francesa en Montevideo no iba a ser el mismo en París, donde seguramente había cientos de pasteleros mucho mejores que ella. Su mente errante no le daba tregua mientras daba vueltas y más vueltas en la cama, enredada entre sábanas tan arrugadas como su espíritu.

"No puedo respirar. Mis pulmones parecen dos niños asustados, escondidos de un monstruo invisible en el fondo del placar. Se achican lo más posible para que el monstruo no los vea, quieren hacerse cada vez más chiquitos hasta desaparecer. Ya no tengo pulmones. Voy a morir".

III

El día de su cumpleaños número veintitrés Agripina se lo pasó en pijama. Desayunó en la cama un té verde y una tostada y se quedó acostada hasta pasadas las tres, cuando el hambre la obligó a hacerse un par de huevos y otra tostada. La tarde transcurrió casi igual, entre siestas breves interrumpidas por alguna llamada para felicitarla.

Alrededor de las nueve de la noche, Sophie y Clarice, dos de sus amigas más queridas, golpearon a la puerta con tanta insistencia que no tuvo más remedio que abrir. "Vamos a *festegar* tu *cumpleanos, chérie*" —le dijo Clarice en un español entreverado—. Agripina no pudo evitar sonreír. Clarice estaba intentando aprender el idioma, pero todavía lo hablaba bastante mal.

A pesar de que no tenía ganas de festejar nada, ante la insistencia de sus amigas, y tal vez porque en el fondo ya no aguantaba más ese encierro autoimpuesto, tomó unos jeans que tenía sobre la silla y se puso de pie para vestirse. "No, no, no, *une jupe*" —le dijo Clarice quitándoselo de las manos y señalando una falda con volados que se asomaba por la puerta entreabierta del armario.

Sin ganas de discutir, se puso la falda que le señalaba su amiga y un pequeño top con lentejuelas doradas que había comprado en un mercadillo, recogió su largo cabello rubio en un *chignon* para disimular que no se lo lavaba hacía varios días y se calzó unas sandalias de taco alto. Antes de que pudiera protestar, Sophie le puso sombras y labial. "*Prêt*" —dijeron sus amigas al unísono, en señal de aprobación—. ¡Lista! Agripina se miró al espejo y asintió con la cabeza. Al fin parecía un ser humano de nuevo.

"Te vamos a *ievar* a un lugar *merveilleuse*, —le dijo Clarice entusiasmada como una niña que va por primera vez a un parque de diversiones— una milonga". Agripina entornó los ojos, ya que siempre había considerado el tango como un baile de segunda categoría, pero no dijo nada para no arruinar la iniciativa de sus amigas con su mala onda. Seguro la pasaba bien con ellas.

Llegaron a la milonga "El chamuyo", cerca de *La Villette*, pasadas las diez. Era un lugar pequeño, pero pintoresco, con unas diez o quince mesas redondas alrededor de la pista y una gran barra donde se quedaban aquellos que llegaban tarde o no tenían reserva. El lugar olía a madera, lo cual no era de extrañar porque había madera por todos lados. Las paredes que no tenían grandes espejos estaban cubiertas por una especie de lambriz oscuro que llegaba hasta la mitad. La barra era de roble, otrora reluciente, aunque ahora marcada por cientos de vasos y botellas que, como niños irreverentes, dejaban sus huellas redondas milonga tras milonga. La pista, de madera lisa y brillante, resistía estoica los tacos puntiagudos gracias a los mimos encerados que le prodigaban sus dueños semana a semana.

Los dueños del lugar eran dos argentinos cuarentones que llevaban al menos diez años en París. Joselo, de estatura mediana y algunas canas más de las esperables para su edad, recibía en la puerta a los que llegaban con besos y abrazos como si fueran de la familia. De alguna manera, muchos de ellos lo eran porque frecuentaban el lugar todas las semanas desde hacía años. Natalia, su mujer, un poco más tímida, ayudaba detrás de la barra hasta que llegaba la hora de "abrir la pista". Alrededor de las once, como era costumbre, Natalia y Joselo deleitaban a todos con sus movimientos perfectamente sincronizados y una gracia envidiable. El amor y la conexión entre ellos se percibían en cada figura, en cada mirada, pero sobre todo en su perfecto abrazo. Se movían sobre la pista como engranajes de un reloj suizo, intercalando ochos y barridas, voleos y sacadas.

Terminada la primera tanda, otras parejas se sumaban y empezaba la diversión, entre tangos, valses y milongas, cabeceos y sonrisas.

Si bien Agripina ya había visto bailar tango muchas veces en Montevideo, algo en ese lugar, y sobre todo algo en esa pareja, hizo que se le acelerara el corazón. El nudo que tenía en la garganta desde hacía semanas se disolvió como por arte de magia y se convirtió en un inquietante aleteo en el estómago. De pronto lo vio todo muy claro. Iba a bailar tango. Iba a ser la mejor bailarina de tango. Esa noche rechazó varias invitaciones, porque no estaba dispuesta a hacer el ridículo, pero en su mente sabía cuál sería su siguiente paso, y unas horas más tarde ya había coordinado con Natalia y Joselo clases particulares para cada día de la semana.

Su experiencia como bailarina clásica y su gran disciplina hicieron que aprender tango le resultara muy fácil. En un par de semanas ya frecuentaba varias milongas parisinas y los varones esperaban su turno para bailar con ella.

"La *petite* Moreau" volvía a tener su club de admiradores, aunque ese apodo ya no le quedaba. Así, con las ilusiones renovadas, hizo las paces con su nueva figura y empezó a disfrutar del nuevo mundo que le abría los brazos, literalmente. Empezó a tomarle el gusto a la noche, a bailar hasta entrada la madrugada y a llegar a casa cuando el olor a *croissants* recién horneados empezaba a invadir la ciudad. A veces se quedaba hasta más tarde a propósito para llegar justo cuando los estaban sacando del horno. Amaba el olor a *croissants*. No era que estuviera obsesionada con la comida, pero la *pastelería* francesa le recordaba a su casa. Cada *Paris Brest* le recordaba las manos blancas de su madre y cada *pain au chocolat* le recordaba a su padre, que siempre que podía robaba alguno y se escapaba como un niño travieso muerto de risa. Tal vez eso era lo que más extrañaba, la risa de su padre. Pierre tenía una risa contagiosa. A veces costaba saber si se reía o tenía un ataque de hipo. ¡Cuántas tardes pasaron los tres juntos probando recetas nuevas, amasando y horneando pasteles!

Aunque sus amigas bailarinas tenían una rutina muy diferente y no podían acompañarla seguido a las milongas, no tuvo dificultad en hacer amigos nuevos, entre ellos varios argentinos y uruguayos con quienes se sentía como en casa. Era un alivio poder simplemente hablar en español, sin tener que pensar en cada palabra que decía. Su mundo se transformó por completo y ella se reinventó con él. Cambió las zapatillas de ballet por zapatos de tacón, con suela de cromo para pivotear mejor. Coleccionar zapatos se convirtió en un vicio. Tenía de todos los colores y modelos, de taco ancho para las prácticas y taco aguja para cuando quería lucirse, con talón abierto y talón cerrado, y también sandalias de tiras finas, aunque siempre con buen agarre.

IV

Una noche, mientras se calzaba los zapatos de tango para salir a la pista, notó que varias personas miraban hacia la puerta, como si hubiera entrado alguien especial. Pensó que sería alguno de los "amigos de la casa", de esos que conocían a todos por su nombre de pila, pero se sorprendió al ver un rostro que nunca antes había visto, de eso estaba segura. Se trataba de un hombre alto, de espalda ancha con forma de trapecio invertido y brazos musculosos que se dejaban ver gracias a que llevaba la camisa blanca arremangada. Tenía el pelo negro peinado a la gomina, ojos castaños enmarcados por unas cejas bien pobladas, aunque no llegaban a unirse en el entrecejo, nariz romana y una sonrisa blanca que regalaba generosamente a cada persona que se acercaba a saludarlo. De no ser por esa sonrisa, más de uno habría dudado en acercársele, pues tenía aspecto de hombre recio y se paraba muy derecho, con las piernas algo separadas, como un samurái. Lo observó saludar a todo el que se le cruzaba, a algunos con un abrazo afectuoso, probablemente conocidos que no veía desde hacía tiempo, y a otros con un fuerte apretón de manos que hacía se le tensara el músculo del antebrazo. No, Agripina nunca se había cruzado con ese hombre imponente o lo recordaría, de eso estaba segura.

Terminó de calzarse los zapatos de tango —era habitual cambiarse el calzado al llegar— y le extendió la mano a Daniel, un amigo que la esperaba para bailar esa tanda. "¿Conocés al que acaba de entrar?" —le preguntó ni bien pusieron un pie en la pista—. "Claro, —respondió él— es el toro Guzmán. Llegó a París hace poco, pero es muy famoso en Buenos Aires. Se dice que es de los mejores bailarines de por allá, aunque es bastante arrogante, como buen porteño". Daniel era uruguayo y Agripina no pudo evitar sonreír al notar en sus palabras la permanente rivalidad de los dos pueblos hermanos, además de algo de celos de macho al que no le gusta la nueva competencia. "¿Y por qué le dicen toro?"—continuó ella sin disimular su interés—. Daniel resopló. "Porque si ve una mujer vestida de rojo sale como un toro atrás de ella, de ahí viene el apodo, o eso se dice, aunque la verdad tiene fama de ser tan mujeriego que dudo que sea solo atrás de las que van de rojo"—agregó él, feliz de poder decir algo no tan halagador de su imaginario rival—. Ella tomó nota de esa información. Aunque todavía no lo sabía, "el toro" se acababa de encontrar con el torero más formidable.

Esa noche se cuidó de aceptar solo las invitaciones de los mejores bailarines que había en la milonga, a quienes ya tenía claramente identificados, y se lució como nunca, al tiempo que evitaba la mirada de "el toro" quien, como era de esperar, se fijó en ella. La estrategia era no bailar con él en toda la noche, pero sin rechazarlo de manera directa. Solo evitaba mirarlo, para que no le cabeceara, o se alejaba disimuladamente si él estaba cerca. Hizo lo mismo la segunda noche que coincidieron en la misma milonga, y la tercera.

Dos semanas después, sabiendo que se festejaba el cumpleaños de Natalia y que El Chamuyo estaría repleto de gente, Agripina se puso un vestido rojo, entallado y con un gran tajo, se recogió un poco el cabello, dejando algunos mechones sueltos, y se maquilló con esmero para resaltar los ojos color aceituna. Se miró al espejo complacida, pues sabía que estaba impactante y ese era el efecto que buscaba.

Llegó a la milonga pasadas las once, cuando ya la pista estaba llena de parejas que giraban en sentido antihorario, como un enjambre, desordenado pero ordenado a la vez. Aunque vio a varios de sus amigos en algunas de las mesas y bien podría haberse acercado para sentarse con ellos, fue directo a la barra y se pidió una copa de vino blanco. Ahora tocaba esperar.

Sin embargo, no tuvo que esperar mucho. Apenas había dado el primer sorbo cuando el hombre al que estaba esperando se le acercó por la espalda y le dijo con voz abaritonada: "Creo que no nos presentaron, soy Guzmán", sin aclararle si ese era su nombre de pila o su apellido. Ella lo miró por encima del hombro, tomó otro sorbo de vino y giró con lentitud, como si no tuviera prisa en conocerlo. Cuando lo tuvo frente a frente, estiró la mano como una *lady*, esperando que él se la besara a la vieja usanza, y respondió "Pina Moreau", tratando de darle a su nombre un tinte más sofisticado. "El toro" aceptó el reto y, sosteniéndole la mirada, le besó la mano con galantería. Luego, inclinó la cabeza hacia la pista a modo de invitación y, sin esperar respuesta, la condujo hasta allí cuando empezaban a sonar los primeros acordes de la "Milonga sentimental".

Se adueñaron de la pista como si bailar juntos fuera para lo que habían nacido, como dos cisnes en una danza de apareamiento. Con un abrazo cerrado, hacían figuras cada vez más complejas, entrelazando las piernas como hilos de seda en un telar, para luego volver a desenredarse como si jamás se hubieran cruzado. Él le marcaba las figuras más difíciles una tras otra, y ella, para su asombro, le agregaba más adornos como si nada fuera demasiado.

Era tan impactante verlos bailar que la pista se fue despejando hasta que quedaron ellos solos, mientras los demás miraban embelesados. Que "el toro" bailaba bien ya todos lo sabían, pero la manera en que Agripina respondía en sus brazos era algo simplemente celestial. Recién cuando terminó la tanda y escucharon el aplauso general se dieron cuenta de que estaban solos en la pista. Él se alejó un poco de ella, la tomó de la mano e hizo una reverencia al público con picardía, acostumbrado a ser el centro de atención. Pina, que también tenía su experiencia en los escenarios, lo imitó con la mayor soltura y tras un breve "Gracias" se fue a sentar a una de las mesas donde estaban sus amigos. "El toro" volvió a la barra y, si bien no bailaron de nuevo esa noche, ella sintió cómo la seguía con la mirada todo el tiempo, incluso cuando bailaba con otras mujeres.

Su estrategia pareció tener éxito porque, a partir de esa noche, "el toro" Guzmán parecía esperar ansioso que llegara para bailar con ella. Siempre era el primero en sacarla a bailar y la invitaba varias veces en la misma noche. Una tanda de tangos, una de valses y una de milongas. Era evidente que le encantaba bailar con ella. Más de una vez había intentado invitarla a verse en otro lugar, pero Pina esquivaba las invitaciones con gran habilidad para no herir su ego. Ese hombre le gustaba, le gustaba demasiado, y a pesar de su poca experiencia sabía que debía mantener la distancia para no salir herida. Él estaba acostumbrado a que las mujeres se arrojaran a sus pies y ella no iba a ser una más de sus conquistas, eso lo tenía claro. Ella quería un amor, un amor de verdad como el que tenían sus padres.

> "Me gusta, me gusta mucho. Huelo su perfume y quiero quedarme ahí, en sus brazos. Siento su mano firme en la cintura, me acerca y me aleja, me mueve como una muñeca de trapo. Siento el calor de su cuerpo, veo las gotas de sudor que le corren por el cuello y se pierden en el vello oscuro que asoma por la camisa apenas entreabierta. Quiero seguir esa gota de sudor. Siento el roce de su mandíbula contra la sien. Está afeitado, pero igual me raspa un poco, como una lija fina. Mi piel se estremece. Me acerca

> más a su pecho y su perfume me embriaga por completo. Su perfume se funde conmigo y lo sigo sintiendo varias horas después. Lo deseo. Nunca deseé a nadie así".

Una noche, cuando terminaron de bailar, él la invitó a tomar algo y le dijo que tenía una propuesta para hacerle. Lo habían contratado para hacer una gira por varios países de Europa con un espectáculo de tango y quería que ella fuera su pareja de baile. Al escucharlo, Agripina sintió de nuevo el aleteo en el estómago que aparecía cuando sabía que estaba en el camino correcto. Esa invitación no solo le abría las puertas del mundo del tango profesional, sino que era la oportunidad perfecta para pasar varios meses con él, recorriendo ciudades maravillosas. ¿Qué más podía pedir? Quería, claro que quería, ¡era lo que más quería en el mundo! Sin embargo, mantuvo su entusiasmo bajo control y simplemente le dijo que sí, que aceptaba, como quien acepta una invitación al cine.

Los meses siguientes fueron un torbellino de emociones. Por las tardes, él le enseñaba nuevas coreografías y la ayudaba a pulir sus movimientos, y por las noches se vestían de gala para hacer shows en diferentes teatros o centros culturales. Roma, Milán, Bruselas, Londres, Lisboa... y solo era el comienzo. También compartían los desayunos en los hoteles donde se alojaban, y los almuerzos y las cenas en diferentes restaurantes. Prácticamente eran una pareja, salvo porque no dormían juntos. Agripina seguía resistiendo a sus encantos, con las murallas bien en alto, temerosa de que si cedía a la tentación él perdería el interés y en poco tiempo estaría coqueteando con otra. No podía darse ese lujo, ya que su trabajo ahora también dependía de ello.

Sin embargo, “el toro” parecía estar muy tranquilo últimamente. La verdad era que, en los meses que llevaban bailando juntos, nunca lo había visto con ninguna mujer. Coqueteaba con todas, sí, con esa galantería característica del tanguero y esos aires de porteño fanfarrón que arrancaban suspiros en las mujeres y despertaban rencor en los varones, pero lo cierto era que pasaba todo el tiempo libre que tenían con ella. El hombre arrogante que se presentaba ante el mundo no era el mismo que con gesto aniñado mojaba las medialunas en el café con leche cuando desayunaban juntos en el hotel, o que le contaba historias de su infancia en Buenos Aires.

Era difícil imaginar al famoso “toro Guzmán”, el rompecorazones, hablando con emoción de cómo su abuelo lo llevaba a las corridas de caballos en el Hipódromo de Palermo, o verlo como un pequeño de pantalón corto gritando con toda la fuerza de sus pulmones cuando su caballo cruzaba la meta. También era difícil imaginarlo hablando con ternura de su abuela y de cómo nació su amor por el tango, escuchándola cantar mientras cocinaba o limpiaba la casa.

Una tarde incluso le contó con ojos vidriosos sobre la muerte de sus padres en un accidente cuando tenía doce años.

Ella le tomó la mano, queriendo borrarle esa pena del rostro, y se quedaron así varios minutos, en ese silencio cómodo que solo se encuentra al lado de alguien a quien se ama. Agripina se sentía confundida y ya no estaba tan segura de poder mantener a raya sus sentimientos por él. “El toro Guzmán” del que hablaba la gente no se parecía en nada al “Guz” que ella estaba descubriendo.

V

Unos meses después los invitaron a hacer varias presentaciones en Barcelona, una de las ciudades europeas que Agripina más deseaba conocer. Siempre había sentido mucha curiosidad por la obra de Gaudí, y por fin iba a recorrer el Parque Güell y ver de cerca la Sagrada Familia y la Casa Batlló, aunque tuviera que hacer malabares con la apretada agenda. Luego de varios shows, les dieron dos días libres, por lo que decidió irse a descansar a una playa cercana llamada Lloret del Mar. Como Guz había salido solo esa mañana, avisó en el hotel que no dormiría allí esa noche para que no se preocupara por su ausencia, armó un pequeño bolso con lo imprescindible y emprendió el viaje. Necesitaba despejar la cabeza y ordenar sus ideas y sentimientos. Le pareció una buena idea aprovechar esos días para ir sola hasta Lloret y conocer el *Castell d'en Plaja*, un lugar del que había oído hablar y le llamaba la atención. Así que, sin pensarlo mucho, tomó un autobús y se dirigió al pequeño pueblo de la Costa Brava.

Al llegar, se instaló en un hotel modesto, almorzó algo liviano y salió a caminar en dirección al castillo. Pasó el día relajada y durmió muy bien esa noche, como hacía tiempo no dormía, acariciada por una brisa cálida que se colaba por la ventana y hacía volar las cortinas blancas que ondeaban como una bandera a media asta.

A la mañana siguiente, se puso el traje de baño con

lunares azules y blancos que había comprado en una pequeña tienda de Madrid, se ató un pareo con flores rosadas en la cintura y bajó a la playa bien temprano para aprovechar las últimas horas de sus minivacaciones. Si bien hacía bastante calor, a esa hora la playa estaba casi vacía. La arena fina y tibia en la planta de los pies se sentía como un suave masaje.

El lugar era perfecto. Las aguas cristalinas de color aturquesado se fundían con el celeste del cielo en una especie de degradé que impedía distinguir con claridad la línea del horizonte, y uno no sabía dónde terminaba el agua y dónde empezaba el cielo, como si en realidad fueran lo mismo. Las rocas grisáceas, salpicadas de musgo en diferentes tonos de verde, hacían de marco al magnífico castillo que se veía a lo lejos. La imagen era una obra de arte, una acuarela exquisita que, capa tras capa, lograba colores nítidos en algunas zonas y transparencias sutiles en otras, bordes marcados hechos por un pincel habilidoso y formas caprichosas creadas por el agua. Las olas filosas se estrellaban contra las rocas como si fueran la percusión de una orquesta, una mezcla de bombos y platillos, mientras el viento entonaba la melodía como una flauta dulce. Toda la playa parecía cantar para ella, como si le regalara una serenata privada.

Agripina caminaba enfrascada en sus pensamientos cuando, caminando en el sentido contrario, vio una silueta que conocía de memoria. Todavía estaba algo lejos, pero era inconfundible. La espalda ancha, los hombros rectos, el andar seguro de quien sabe lo que quiere y está decidido a obtenerlo. No podía creer lo que veían sus ojos. Ella no le había dicho a nadie a dónde iba y era demasiada coincidencia que, de todos los lugares maravillosos que había en los alrededores de Barcelona, Guz hubiera elegido el mismo que ella. No, no era coincidencia, era una señal.

El corazón le latía como un caballo desbocado. Lo vio acercarse con su sonrisa infinita y ya no tuvo dudas. Cuando estuvieron frente a frente, él la tomó de la cintura con ambos brazos y sin decir una palabra la besó. Era un beso deseado, sentido y soñado por ambos. Él lo sabía desde hacía tiempo. Ella era su mujer. Y estar juntos era su destino.

Los meses siguientes fueron una larga luna de miel. "El toro" Guzmán y Pina Moreau formaban una pareja fabulosa, tanto en la pista de baile como en la vida real. Bailaban juntos en las principales ciudades europeas y en sus días libres aprovechaban para hacerse alguna escapada a esos pueblitos medievales que tanto les gustaban. Estaban muy enamorados y, cuando estaban juntos, cualquier lugar tenía una magia especial. Agripina sentía que la vida no podía ser más perfecta.

> "Lo miro y todavía no puedo creer que sea mi hombre y que me ame tanto como yo lo a él. Me gusta sentir su respiración por la noche. Siempre se duerme antes que yo, y noto cuando se vuelve más

liviana, como si de pronto dejara de lado las tensiones del día y volara a un lugar suave y algodonado. Me acurruco sobre su pecho con cuidado para no despertarlo y trato de llegar al mismo lugar que él. Mi sueño nunca es tan plácido como el suyo, y quiero que me deje entrar y acompañarlo. Quiero compartirlo todo con él. Cuando finalmente me duermo y el calor hace que me aleje un poco, él gira y estira la pierna para entrelazar su pie con el mío, como si quisiera asegurarse de que sigo allí, o para recordarme que está a mi lado siempre".

Guz entró en la habitación con la bandeja del desayuno. Era su primer aniversario y él había cuidado hasta el más mínimo detalle. Le había pedido a la cocinera del hotel que le consiguiera té verde con naranja, el favorito de Pina, *escones* de queso y *pain au chocolat,* nada fácil de encontrar en la ciudad portuguesa. Pero con un poco de su habitual galantería y unos cuantos billetes, la joven cocinera se ocupó de todo con gusto. Y él agregó un ramillete de jazmines que perfumaron la habitación apenas entró.

Dejó la bandeja sobre una pequeña mesa cerca de la puerta y abrió un poco las cortinas para que se filtrara algo de luz, pero sin despertarla. Le gustaba verla dormir así, iluminada por una luz tenue. Su rostro parecía el de una niña. Agripina se cuidaba de quitarse siempre el maquillaje antes de dormir, y aunque la noche anterior llegaron tarde del Teatro da Trindade, no quedaba en su rostro ningún vestigio de la mujer sofisticada que deslumbraba en el escenario. Se sentó en la cama y le acarició el brazo. Ella se movió un poco, como si sintiera cosquillas, pero sin despertarse. El movimiento hizo que la sábana color morado se corriera hacia un costado, dejando al descubierto sus piernas torneadas, de muslos blancos que contrastaban con el color de la sábana y pantorrillas marcadas por estar tanto en punta de pie. Guz no pudo evitar la tentación de acariciarle la pierna con el dorso de la mano y pensó que era la mujer más hermosa que había visto en su vida. Se le acercó al oído y le susurró "Buen día, amor", mientras le daba besitos en el cuello con delicadeza.

Ella abrió los ojos, lo rodeó con los brazos y lo acercó a su rostro hasta rozarle la boca. Todavía estaba muy dormida para emitir sonido, así que le respondió con un beso. Separó los labios para dejarlo entrar, invitándolo a explorarla. Fue un gesto casi imperceptible, pero él soltó un gemido y aceptó la invitación. Era un beso profundo, de dos personas que quieren fundirse como dos metales que al levantar temperatura logran formar una aleación perfecta. La incorporó un poco para sacarle por la cabeza el camisón de seda con el que dormía y la volvió a acostar con el cuidado de quien manipula lo más valioso que tiene. La observó desnuda, los pechos redondos, generosos, y los pezones erizados, el vientre firme que se tensaba al mínimo contacto, la lencería de encaje blanco... Guz sintió como Agripina temblaba bajo su mano y notó cómo cada músculo de su cuerpo se tensaba en respuesta. Se quitó la ropa con agilidad, mientras emitía un sonido gutural, ronco y apasionado, como el rugido de un tigre. Le quitó la tanguita con una mano y con la otra la ayudó a incorporarse, para luego sentarla sobre él, como dos piezas de un *puzle* que encajan a la perfección.

Se movían acompasados, con la misma gracia que sobre el escenario, pero en un baile íntimo, solo para los dos. Las lenguas se toreaban, enroscándose al mismo ritmo que los brazos y las piernas, como en una coreografía. Los dos querían estar más cerca, más adentro del otro, más, más... hasta que entraron en erupción al mismo tiempo. Luego, con la piel húmeda y el corazón acelerado, se quedaron abrazados, con los ojos entrecerrados y la mente en blanco. Un mes más tarde, Agripina descubrió que estaba embarazada.

La noticia del bebé los emocionó a los dos, aunque echara por tierra los planes que tenían. Si bien al principio trataron de mantener los compromisos asumidos, ella estaba muy cansada y tenía muchas náuseas. Era evidente que no estaba en condiciones de mantener el ritmo que llevaban, bailando casi todas las noches, de un país a otro y de hotel en hotel. Si bien todavía alquilaba la pequeña buhardilla en París y cuando estaban en la ciudad alguna noche se quedaban allí, más que nada la usaban como depósito, ya que era raro que pasaran muchos días en un mismo lugar. Conseguir un apartamento más grande donde vivir los tres en París era muy caro, y aunque habían logrado ahorrar algo de dinero, no era suficiente para sobrevivir allí mucho tiempo, y menos sin trabajar. Así que Guz propuso que se instalaran en Buenos Aires, donde él tenía la casa que heredó de sus abuelos.

A pesar de que la situación política en Argentina era complicada, si se mantenían al margen no tendrían nada que temer. Además, el dinero ahorrado les iba a rendir más en la capital rioplatense, al menos hasta que naciera el bebé y pudieran volver a bailar los dos. Guz también podría dar algunas clases de tango para ganar un poco más de dinero.

La idea era buena y Agripina agradeció estar más cerca de su madre cuando naciera el bebé. Adele estaba emocionada con la idea de ser abuela. Extrañaba mucho a su hija, en especial después de la muerte de Pierre, pero como se pasaba viajando de un lugar a otro era muy difícil ir a visitarla. Ni siquiera había podido conocer a Guz todavía, aunque la felicidad que le transmitían cada vez que hablaban hacía que ya lo quisiera como a un hijo.

VI

Llegaron a Buenos Aires bastante cansados, luego de una larga espera en el aeropuerto de Barajas, y fueron directamente a la casa de la calle Olavarría. Era una casa antigua, de un estilo similar a la que tenían los padres de Agripina en Montevideo, pero en el piso de arriba. Estaba encima de un restaurante y, aunque llevaba cerrada varios años, se la veía muy bien conservada. Se notaba que los abuelos de Guz eran de los que cuidaban todos los detalles.

Agripina se sintió como en casa ni bien entró, tal vez porque en su mente ya se había hecho una imagen bastante acertada del lugar, de tanto escuchar los cuentos de Guz. Podía imaginar a la abuela Clara con su delantal en la cocina, preparando cazuela de mondongo y cantando tangos, y al abuelo Rolo escuchando la radio en la sala, con los pies descalzos sobre la mesa ratona, junto a un vaso de vino rosado que quedaba horas y horas allí servido, a medio tomar. A veces, se quedaba dormido en esa posición y se despertaba sobresaltado cuando con algún movimiento golpeaba el vaso con el pie y este se hacía añicos contra el suelo. Clara venía rezongando de la cocina con el trapo de piso en la mano y se quejaba de las manchas rosadas que se iban acumulando en la alfombra, como flores que salpican las praderas en primavera.

Al llegar al cuarto de Guz, lo primero que vio Agripina fueron las marcas de lápiz en el marco de la puerta, que señalaban cuánto iba aumentando de estatura. Imaginó al pequeño que crecía en su vientre parado derechito contra el marco, tratando de estirarse para alcanzar las marcas de su padre, y sonrió. Sí, allí iban a ser muy felices.

> "Ya puedo imaginar su risa, los pequeños pasos repicando en los pasillos, el olor a durazno de su piel... ¿Tendrá mis ojos verdes o los ojos castaños de Guz? Ojalá tenga su sonrisa... Le voy a enseñar a hablar francés y a hacer pasteles".

Guz parecía un cachorro juguetón. Iba por la casa de un lado a otro tratando de arreglar esto y aquello, ya pensando qué modificaciones tendrían que hacer para que el niño estuviera seguro, como la reja de la escalera o las trabas en las ventanas, y hablaba del futuro con un entusiasmo que llegaba a asustar un poco. "Tranquilo, —le decía Agripina riendo— todavía faltan varios meses. Vas a tener tiempo de poner todo en orden".

El 12 de octubre amaneció cansino, como todo feriado. Las nubes parecían apiñadas como las semillas de una granada y apenas dejaban pasar unos pocos rayos de sol que con mucho brío se abrían paso entre ellas, casi a codazos. Agripina no había dormido bien y pasó todo el día recostada en el sillón, alternando algunas páginas de un libro que leía sin mucho interés con pequeñas siestas. A pesar de tener cinco meses de embarazo, la pancita todavía era pequeña y ella trataba de hacer una vida normal, bailar un poco para no perder el entrenamiento y ocuparse de la casa. Pero ese día se sentía agotada, le dolía la espalda y las piernas parecían no querer sostenerla. "Estoy en huelga" —le había dicho a Guz por la mañana, en tono de broma, antes de que él se fuera a trabajar—. Apenas tuvo ganas de almorzar y recién logró dormirse una larga siesta pasadas las cuatro de la tarde. Se levantó sobre las siete, algo atontada, y preparó un poco de arroz para la cena, mientras esperaba que Guz llegara de la academia donde daba clases de tango.

Él llegó muy alterado. Acababa de estrellarse un avión en el Río de la Plata donde viajaban, entre otros pasajeros, varios bailarines del Teatro Colón que Guz conocía. Se sentaron en la sala a escuchar la radio para enterarse de las novedades y saber si había algún sobreviviente, pero las noticias no eran alentadoras. Sobre la medianoche, aunque sabían que les iba a costar conciliar el sueño, se fueron a la cama. Guz la veía muy ojerosa y quería que tratara de descansar. Se acostó a su lado y la abrazó como cucharita, tratando de hacerla sentir segura, hasta que finalmente se durmieron los dos.

A las tres de la mañana, se despertó sobresaltado por un grito. Agripina estaba sentada en el borde de la cama y a sus pies había un gran charco de sangre. Lo miró asustada, con los ojos llenos de lágrimas, agarrándose la barriga con las dos manos. "Duele, duele mucho..." —sollozó ella en un hilo de voz—. Él se puso los primeros pantalones que encontró y los zapatos sin medias, cubrió a Agripina con una manta y la llevó en brazos hasta el auto. La acomodó en el asiento del acompañante y arrancó sin siquiera cerrar la puerta de la casa con llave. "Vas a estar bien —le dijo, tratando de convencerla y convencerse— y el bebé también, el hospital está muy cerca". Pero cuando llegaron ya era muy tarde. No había latidos.

Agripina nunca había sentido un dolor tan grande en su vida. Más que el dolor físico, que había sido considerable, le dolía el vacío. Pasaron allí un día y una noche, para asegurarse de que ella estuviera bien. Pero, ¿qué era estar bien? Nada estaba bien. El olor a yodo se le había metido en la lengua, en los pulmones, en los huesos, le salía por los poros con su halo de muerte y la quebraba por dentro, manteniendo intacta la carcasa exterior.

Salieron del hospital en silencio, abrazados y caminando muy despacio, como dos viejitos a quienes el tiempo les ha robado junto con su juventud las ganas de vivir.

Adele, que había tomado el primer barco a Buenos Aires cuando Guz le avisó lo que sucedía, los esperaba en la casa con una sopa caliente, pero ninguno quiso comer nada. Agripina se acostó en la cama hecha un ovillo y se quedó así el resto del día. No tenía fuerzas ni para llorar. Guz, por otro lado, parecía un tigre enjaulado. Caminaba de un lado a otro sin saber en qué ocupar el tiempo, y decidió salir a caminar sin rumbo por las calles alquitranadas. Buenos Aires nunca le había parecido tan sucia, tan maloliente. Se preguntó qué diablos estaban haciendo allí, por qué habían cambiado las costas del Mediterráneo por esa silueta deslucida y deformada de musa a quien los años no le hicieron favores. Volvió a la casa cerca de las diez, despeinado y con los ojos ahogados en penas y vino tinto, pero más calmado. Agripina seguía exactamente en la misma posición de ovillo en que la había dejado.

Las semanas siguientes fueron muy duras. Agripina hacía un gran esfuerzo para levantarse de la cama. Se había convertido en una figura mortecina que deambulaba por la casa con un largo camisón blanco. Parecía un fantasma, de esos que aparecen en las películas de terror para asustar a los niños. Guz no sabía qué hacer para ayudarla y, tras intentarlo un par de semanas, simplemente se escapaba. Pasaba el día fuera de casa, con la excusa de las clases, o se iba por ahí sin dar muchas explicaciones.

Adele trataba de consolar a su hija, sin embargo, sus palabras no parecían causar ningún efecto. Agripina estaba deprimida y era difícil lograr que la escuchara. Adele, que había perdido dos embarazos antes de tenerla a ella, sabía muy bien por lo que estaba pasando y trataba de mostrarle que tenía muchas cosas hermosas por vivir todavía. Le hablaba del futuro, de que podrían tener otros hijos, de cuánto la quería Guz... pero Pina no podía pensar en nada de eso.

Ya habían pasado dos meses desde la muerte del bebé y

ella y Guz no parecían lograr reconectarse. Eran dos desconocidos que compartían la misma casa. Incluso él estaba durmiendo en el escritorio "para no despertarla cuando llegaba tarde y que pudiera descansar", pero la realidad era que le dolía verla así, perdida en una especie de limbo. Él, que siempre resolvía todo, no tenía idea de qué hacer para recuperar a su mujer y la vida que tenían.

Una mañana de diciembre, Agripina se despertó temprano, cosa que hacía tiempo no hacía. Le dolía la cintura, probablemente de estar tanto tiempo acostada, y se sentía como si le hubieran dado una golpiza. Apenas podía inclinarse, porque un dolor punzante la atravesaba, y esto siempre la ponía de mal humor. Sintió que la invadía una mezcla de ira y frustración y tuvo ganas de gritar y romper todo a su paso. Pero se contuvo. Entró a la ducha y abrió el agua caliente con la esperanza de que la aliviara, pero el chorro caía en el lugar equivocado. No lo quería en los hombros, no esa vez. Lo quería en la cintura. Hubiera dado cualquier cosa por tener una bañera y poder sumergirse entera en el agua humeante, incluso la cabeza, y quedarse allí hasta que el dolor desapareciera. Todo el dolor, el del cuerpo y el del alma. Pero no tenía bañera, solo el chorro de agua caliente que salía de la ducha. Se inclinó hacia adelante, tratando de que el chorro le llegara a la cintura, pero el ángulo todavía no era el correcto y además le costaba mantener esa posición. Así que decidió apoyar las rodillas en el suelo de baldosas grises y los glúteos sobre los talones, y se plegó por completo en posición fetal, estirando toda la espalda. El chorro caliente caía justo donde ella quería. Cerró los ojos y se relajó. Podría haberse quedado así para siempre. Había algo reconfortante en esa posición, una sensación de protección, aunque el suelo de la ducha no fuera el lugar más cómodo para las rodillas, ni el más acogedor.

Escuchó el latido de su propio corazón, rítmico, sereno, fuerte, y una voz que le decía "Estás viva, mi amor. ¡Viví!". Y de pronto sintió la presencia de su padre. Pensaba en él a menudo, pero nunca lo había sentido así, tan cerca. Su voz le llegó con claridad, como si le hablara desde el otro lado del teléfono. Extrañaba su voz, la serenidad con que la envolvía siempre que necesitaba consuelo, el carraspeo que se colaba en medio de algunas frases, la seguridad con que le daba consejos. Extrañaba su sabiduría, esa que solo tiene quien ha vivido mucho, ha sufrido grandes pérdidas y ha tenido grandes alegrías. Y sí, su padre reunía todo eso.

Abrió los ojos y se miró las manos arrugadas por el contacto con el agua. Ya era suficiente. Ella era más fuerte que eso. Consciente de que su espalda seguía frágil, aunque el dolor había cedido bastante, apoyó el metatarso y empezó a levantarse despacio, estiró un poco las piernas, apoyó las manos en los muslos y fue enderezando la columna vértebra por vértebra, como si su cuerpo recordara los movimientos sutiles del ballet, que parecían pertenecer a una vida pasada. La espalda le dolía menos, pero tenía los pies y las piernas entumecidos por la posición fetal. Le llevó unos segundos volver a estar erguida. Se quedó un rato más abajo del chorro caliente y finalmente cerró la canilla. Era una linda mañana. Se puso un vestido liviano color verde agua, se hizo una trenza y sonrió frente al espejo. "Aquí vamos de nuevo" —se dijo—. Y preparó el desayuno para Guz.

Poco a poco las cosas fueron volviendo a la normalidad. Agripina recuperó la alegría y empezó a ejercitarse de nuevo. Había perdido mucha flexibilidad, pero luego de tantos años de entrenamiento tenía buena memoria muscular y en pocas semanas se sintió lista para volver a bailar. Luego del embarazo, sus caderas se habían ensanchado bastante, pero todavía conservaba una figura relativamente armoniosa. Solo tenía que cambiar algunas prendas de su vestuario y estaría lista para volver a los escenarios. Guz estaba encantado de recuperar a su mujer y a su compañera de baile. Si bien en esos meses había bailado con otras, con ninguna conectaba como con ella. Incluso coquetearon con la idea de volver a París, pero no tenían ninguna propuesta de trabajo concreta y era arriesgado irse así, sin dinero, por lo que decidieron quedarse en Buenos Aires.

Una tarde, mientras tomaban un café en una pequeña cafetería de Recoleta, se les ocurrió la idea de abrir una academia de tango. Como eran muy reconocidos en el medio, estaban seguros de que alumnos no les iban a faltar. Después de Navidad, y viendo que su hija estaba mejor, Adele se volvió a Montevideo. Agripina y Guz se tomaron unos días de vacaciones y luego empezaron a buscar un lugar para abrir la academia.

Consiguieron alquilar un local en la Avenida Caseros, a pocas cuadras del Parque Lezama. El lugar había sido un almacén y necesitaba algunas reformas, pero los dos estaban decididos a sacar adelante ese proyecto. Trabajaron codo a codo durante varias semanas, dando enduido, pintando las paredes, limpiando las ventanas y lustrando las maderas. Lo más complicado había sido cambiar el piso de baldosas por uno de madera, adecuado para bailar, pero los ayudaron varios amigos y el resultado era bueno. Había dos espacios bien delimitados, por lo que pudieron armar dos salones para dar clases diferentes al mismo tiempo. Además, dos viernes al mes bailaban en una especie de bodegón mientras la gente cenaba, y otras noches se iban a alguna milonga a encontrarse con amigos. "El toro" Guzmán y Pina Moreau estaban de vuelta.

VII

Los años siguientes transcurrieron en relativa calma. Agripina y Guz se mantenían al margen del conflicto político y social casi permanente que reinaba en Argentina. La academia marchaba bastante bien, y aunque no se daban grandes lujos, no les faltaba nada. A veces extrañaban la época en que viajaban por Europa, de país en país y de hotel en hotel, pero ya se habían acostumbrado a tener su espacio, su hogar, y les gustaba la vida que habían construido.

En invierno les gustaba jugar a las palabras cruzadas frente a la estufa a leña y recibir amigos a cenar. Siempre que tenían visitas, Guz se encargaba de hacer el plato principal, en general, la receta de lasaña de la abuela Clara, un clásico de la casa, o una buena cazuela de mondongo. Pina los deleitaba con algún postre francés tipo *crème brûlée* o *crêpes*.

En verano, cruzaban "el charco" para visitar a Adele y se escapaban unos días a Punta del Este o La Paloma, dos de las playas más lindas de la costa uruguaya. Además, no perdían las esperanzas de tener un hijo. Cada mes, cuando llegaba la fecha, Guz esperaba la noticia de que Pina tenía un atraso. Pero nada. Ella era como un reloj y el bebé no parecía tener ganas de llegar.

Finalmente, una semana antes de cumplir los 35, la visita mensual faltó a la cita. Agripina esperó para decírselo a Guz, porque no quería entusiasmarlo y que fuera una falsa alarma, pero pasaron quince días sin novedades y notó que tenía los pechos sensibles, dos señales claras de que estaba embarazada.

Cuando le dio la noticia, Guz estaba en la cocina preparando una pizza. "¿Qué estás cocinando?" —le preguntó con picardía—. "Pizza —respondió él mientras estiraba con los dedos la masa blancuzca en la asadera— ya hay una en el horno y en cuanto termine con esta cambio una por otra y podemos ir comiendo. Poné la mesa si querés". "Yo también estoy cocinando algo acá" —le dijo ella señalándose la barriga—. Guz la miró a los ojos, tratando de confirmar si le hablaba en serio, y así, al ver que le sostenía la mirada, se acercó a ella todo enharinado como estaba, la levantó y la hizo girar en el aire. ¡Sentía que le iba a explotar el pecho de tanta felicidad! ¡Al fin! ¡Al fin! Había tardado, pero el sueño de ser padres se iba a hacer realidad. Sin embargo, luego de la decepción anterior, trataron de controlar el entusiasmo hasta asegurarse de que el embarazo iba viento en popa.

Los meses fueron pasando y el médico dijo que todo iba bien, así que por fin se relajaron y empezaron a planificar la llegada del bebé. Agripina decía que era un varón, pero Guz estaba convencido de que esa vez sería una nena. "Me gustaría llamarla Clara, como mi abuela" —dijo una tarde mientras pintaba el cuarto del bebé de un color amarillo pálido—. "Todavía no sabemos si es nena —replicó ella— pero sí, me gusta Clara. Si es varón elijo yo. Me gustaría ponerle Julián, en honor a mi maestro de danza en París. Fue muy bueno conmigo cuando llegué allá, no sé qué habría hecho sin él, y me hace ilusión ponerle su nombre. No puede ser el padrino porque está muy lejos, y quiero alguien que esté presente en su vida, pero ponerle su nombre es una manera de mostrarle que lo llevo en mi corazón". Y así quedaron elegidos los nombres, Clara si era niña, Julián si era varón.

Agripina engordó veinte kilos en ese embarazo. Cuando llegó al séptimo mes, apenas podía moverse. "Me siento como una ballena" —se quejaba ella—. Sus caderas se habían ensanchado mucho para hacer lugar al bebé, que parecía iba a ser tan grande como su padre, pero lo que más le dolía eran las costillas. Era como si su torso no se hubiera enterado de que tenía que adaptarse y seguía siendo bastante pequeño en contraste con las caderas. "Estás hermosa" —le decía Guz y le daba un beso en la punta de la nariz—. Para él, Pina siempre iba a ser la mujer más linda del mundo.

El trabajo de parto comenzó de madrugada, con contracciones fuertes pero espaciadas. Así que Agripina trató de respirar con calma y seguir al pie de la letra las indicaciones del médico: caminar un poco y beber bastante agua hasta que llegara la hora de ir al hospital. Cuando las contracciones empezaron a ser más frecuentes, tomaron el bolso que habían preparado y fueron hasta el hospital en el auto. Guz estaba más nervioso que ella y no paraba de decir tonterías. Al llegar, como ya tenía contracciones cada tres minutos, la llevaron de inmediato a la sala de parto. Todo iba de maravilla. Había dilatado bien y los latidos del bebé eran fuertes. Guz estaba en la sala de espera, caminando de un lado a otro como si así pudiera acelerar el tiempo, que parecía haberse congelado. Miraba el reloj pulsera y la aguja del minutero se había movido dos rayitas, cinco rayitas, dos rayitas de nuevo.

Pina empezó a pujar con fuerza, pero el bebé no salía. Estaba invertido y era muy tarde para intentar girarlo. Había que seguir así... La noche se comenzó a arrastrar, perezosa e indolente. El dolor era intenso y ella sudaba frío. Una enfermera le relataba lo que ocurría entre sus piernas como si fuera un partido de fútbol. Se asomó una pierna. Luego la otra. Parecía que todo ocurría en cámara lenta. Cuando había salido la mitad del cuerpo, el médico dijo que era una niña. Estaba cubierta con una sustancia viscosa de color verde amarronado. La secó un poco con una toalla para que no se le resbalara y poder sacar el resto del cuerpo. Sacó un brazo y un hombro. Luego el otro brazo. Y el otro hombro. Por último, salió la cabeza azulada, enroscada en el cordón umbilical.

“No llora —dijo Agripina espantada— ¿por qué no llora?”. La enfermera que le secaba el sudor de la frente desvió la mirada y le tomó la mano. Aunque llevaba años ayudando en los partos, no se había vuelto tan insensible como para no sentir el dolor que estaba por experimentar esa madre. “Lo lamento

—respondió el médico en tono aséptico— la bebé nació muerta. Voy a llamar a su esposo para que la acompañe". Agripina parecía no escuchar las palabras del médico, que sonaban como las campanas de una iglesia lejana. Trataba de escuchar el llanto de su bebé, pero no lloraba. No lloraba.

Guz entró a la sala con el rostro desencajado. Ya el médico le había dado la terrible noticia. Agripina estaba blanca y quieta como una estatua de mármol, con la beba envuelta en una manta amarilla en los brazos. Parecía dormida. Era perfecta. La cabeza redonda, la nariz diminuta, los deditos finos con uñas de cristal. Le acarició la cabeza a la niña y besó a Agripina en la frente. No tenía palabras. ¿Qué podía decir para mitigar su dolor si él mismo sentía que el piso se le había resquebrajado bajo los pies, como la tierra seca del desierto que clama por una gota de agua, por una gota de esperanza? No era justo pasar por ese calvario otra vez, ¿qué habían hecho ellos para merecer tanta desdicha?

Además, de estar devastado, Guz tenía miedo. Sabía lo duro que había sido para Pina perder el primer bebé y no podía imaginar cuánto le costaría superar la pérdida de Clara. No sabía cómo contenerla y esa vez no estaría Adele para ayudar, pues había fallecido un año antes.

Las primeras noches, Pina dormía sedada y él, cuando lograba conciliar el sueño, la veía caer en un espiral infinito que se la tragaba como un remolino, mientras intentaba jalarla hacia arriba sin poder evitar que siguiera cayendo. Guz tuvo la misma pesadilla varias noches y se despertaba empapado de sudor y con la boca seca. Sí, tenía miedo de que cuando dejara los sedantes Pina se desmoronara. Él tenía que ser la montaña, la soga a la cual aferrarse, el faro que le iluminara el camino. Esa idea era la que lo ayudaba a mantener la cordura.

Sin embargo, para sorpresa de todos, Agripina pareció manejarlo mejor esa vez. Luego de pasar unos días en la cama recuperándose, y de llorar varias noches seguidas, se ocupó ella misma de guardar toda la ropa que habían preparado para la beba en una valija y volvió a transformar la habitación que habían destinado para ella en un escritorio.

Guz se sentía aturdido y no sabía cómo reaccionar. Por un lado, era un alivio ver que no había entrado en un estado depresivo como la vez anterior, pero también, aunque sabía que no era justo sentirse así, estaba enojado con ella. Si no necesitaba su fuerza, si no tenía que sostenerla, ¿qué motivo tenía él para no desmoronarse? En realidad, estaba enojado con el mundo, con Dios, con la vida, no con ella, pero verla seguir adelante con tanta entereza le despertaba una furia que no podía controlar. Tal vez lo que le daba más rabia era verla tan decidida a seguir viviendo, agarrándose con uñas y dientes de cualquier rayo de sol, mientras él sentía que una niebla polvorienta se lo comía vivo. Tantos años esperando formar una familia, tantos años soñando con un pequeño o una pequeña a quien llevar en sus hombros. Había dejado su carrera de lado para ser padre, se había vuelto de Europa y había renunciado a varios de sus sueños por ella, para formar una familia con ella... No, no era justo y lo sabía, pero no podía evitar sentirse traicionado.

Agripina se sentó frente al espejo a conversar con su padre, cuya voz la acompañaba cada vez con más frecuencia. "No te rindas —le decía la voz de Pierre— todavía podés se mamá. Tu madre te tuvo a vos en el tercer intento". Pero era diferente. Su madre había perdido los dos embarazos a las pocas semanas, no había llegado a sentir cómo su cuerpo se transformaba para albergar a esa pequeña criatura, ni cómo se movía dentro de su vientre. No había tenido su cuerpecito frío en los brazos, ni los pechos explotando de leche sin nadie a quien alimentar. No, no era lo mismo. Y aunque agradecía el aliento que trataba de darle su padre, sabía que no tenía fuerzas para intentarlo de nuevo. Sin embargo, aunque el corazón se le había roto en mil pedazos, una fuerza felina la impulsaba a seguir adelante, a vivir.

Tal vez no era su destino ser madre, como no había sido su destino ser bailarina de ballet. Prendió una vela y sintió la presencia de sus dos pequeños ángeles, uno de cada lado. Estaban con ella y siempre la iban a acompañar, al igual que sus padres. Ella creía en el más allá, y aunque no entendía por qué Dios le ponía pruebas tan duras, su fe era más grande que todo.

VIII

La muerte de la pequeña Clara tuvo efectos muy distintos en Pina y en Guz. Ella se metió para adentro, sumergida en su propio mundo, pero tranquila, acompañada por voces que solo ella podía escuchar, mientras él hacía todo lo contrario. Se pasaba fuera de casa, ocupado dando clases u organizando eventos para otros bailarines. Llegaba tarde, sin importar si era día de semana, sábado o domingo, y se iba temprano, a veces antes de que Pina se levantara. Dormían en la misma cama, pero no se tocaban. A veces ella ni siquiera tenía la certeza de que hubiera dormido ahí, salvo porque podía sentir su perfume en la almohada. Ese perfume que antes la llenaba de lujuria, ahora era como una daga afilada que se le clavaba en el vientre a modo de reclamo, un reclamo injusto, que le dejaba un sabor a leche agria en los labios, como si ella fuera la culpable de la vida que no habían podido tener. Más de una vez, al levantarse, se encontraba en la cocina con una breve nota que decía "No me esperes para cenar". Ella comía sola, y le dejaba el plato servido en la cocina, cubierto con un repasador para que no se llenara de moscas.

Algunas noches él llegaba temprano, con un par de copas encima, se acostaba a su lado con el cuerpo pesado y sudoroso, y se dormía al instante, como para no darle tiempo de decirle nada. Estaba allí, pero no la veía. Pina se sentaba en la cama y lo observaba en silencio. Seguía siendo atractivo. Su cabello oscuro ya tenía algunas vetas grises, pero para sus casi cincuenta años era un hombre muy guapo. A veces le acariciaba la cabeza y cerraba los ojos, queriendo retroceder el tiempo y volver a los momentos felices, cuando todo parecía posible. Otras veces apoyaba la cabeza sobre su pecho, buscando el calor del cuerpo todavía fibroso que tanto anhelaba, pero él emitía un quejido de animal herido y se movía de inmediato, quitándosela de encima. Giraba hacia el costado y se ponía de espaldas, a cierta distancia, como si incluso dormido le causara dolor el roce de su cuerpo.

Otras noches llegaba muy tarde, cuando Pina ya dormía, y era él quien la miraba. Su cuerpo había cambiado mucho. Era como si perteneciera a dos mujeres diferentes. El torso delgado, que dejaba traslucir los huesos de la clavícula, los pechos bien formados y la cintura fina lo transportaban a las noches en Europa, cuando amanecían abrazados, desnudos, sin recordar bien en qué ciudad se encontraban, como si el tiempo y el espacio no existieran cuando hacían el amor. Pero las caderas anchas como el Río de la Plata y los muslos gruesos lo condenaban a recordar esas dos noches fatídicas en que había conocido el infierno. ¿Cómo hacer para unir esas dos partes tan distintas, esos recuerdos tan opuestos que parecían tironearlo hasta partirlo al medio? No era que ya no la amara, claro que lo hacía, pero él no se sentía entero cuando estaba con ella. No sabía cómo explicárselo sin lastimarla, por lo que era más fácil no decirle nada y escaparse por los tejados de una vida que ya no le parecía suya.

Pasaron tres primaveras, pero ninguna parecía entrar en su casa. No era una casa lúgubre, no. Todo funcionaba con normalidad. La casa estaba limpia, había comida en la mesa y sus habitantes entraban y salían como los de cualquier otra. Pero el frío se había instalado allí como la humedad en las paredes viejas, dejando manchas oscuras en los rostros y en las almas. Guz muchas noches ya ni siquiera dormía allí. Pina se despertaba de madrugada y escuchaba el silencio del cuarto vacío, se levantaba, iba a la cocina y se preparaba un té de manzanilla para intentar dormirse de nuevo. Había otra mujer, o más de una, ella lo sabía. Las mujeres siempre saben esas cosas. Lo imaginaba bailando con alguna muchacha joven, de esas que acaban de descubrir el tango y caen rendidas a los pies de los bailarines experimentados, que las hacen sentir que vuelan entre sus brazos. Y Guz, aunque ya no era tan joven, seguía siendo "el toro", una leyenda entre las leyendas. Podía escuchar su risa mientras le contaba a la nueva conquista sus aventuras en Europa, como si hubiera estado allí solo, como si Pina no hubiese formado parte de esos paisajes, y sentía ganas de vomitar.

No, no era justo. No podía seguir viviendo así, cargando una culpa que no le pertenecía y soportando que la ignorara, como si no fuera más que una mesa o un armario de la casa. No, ella no era invisible. Ella era la misma *petite* Moreau que había bailado al son de Tchaikovsky en los teatros de París, la misma Pina Moreau que había enamorado a miles de espectadores en las principales ciudades europeas bailando tango a su lado, la mujer que había llevado sus hijos en el vientre y que lo había amado durante más de quince años. No, ella no era invisible y merecía más. Ya había sido suficiente. Así que una tarde lo esperó con la decisión tomada y la valija pronta. Él no intentó disuadirla.

IX

Pina llegó al puerto de Montevideo con dos valijas grandes, una más que cuando partió para París. En cierto modo era irónico que todo lo que había vivido en casi veinte años cupiera en una sola valija, como si fuera algo insignificante.

La casa de sus padres seguía vacía. Por esas cosas del destino, que a veces parece saber más que uno, nunca había logrado venderla. Tras morir Adele, fueron con Guz a vaciarla para ponerla en venta en algún momento, guardaron en cajas las cosas de las que no querían deshacerse para llevarlas luego a Buenos Aires, y regalaron algunos muebles. Pero poco después quedó embarazada y ya no pudo ocuparse de eso, y luego, tras la muerte de Clara, simplemente no tuvo energía para hacerlo. Así que la casa quedó cerrada, a medio desarmar, en el mismo limbo que su vida durante esos años.

Lo primero que hizo al llegar fue ir a comprar sábanas nuevas para tender la cama. No había querido traerse ninguna de su casa con Guz, porque por más que las lavara siempre conservarían su perfume y sentirlo le hacía daño. Tampoco quería usar las que habían sido de sus padres, si es que lograba encontrar algunas. Quería empezar de cero y las sábanas simbolizaban eso, un nuevo comienzo. Entró a Tiendas Montevideo y eligió unas sábanas de algodón con flores en tonos de naranja y turquesa, muy alegres. Luego, pasó por el almacén del barrio y compró lo básico para el primer día. Ya tendría tiempo de hacer un buen surtido.

La casa necesitaba una limpieza a fondo, así que se puso manos a la obra. Tomó nota mentalmente de algunos objetos que necesitaba y pensó en ir el domingo a la feria de Tristán Narvaja a ver si encontraba algo que le sirviera. A veces, allí se podía encontrar alguna ganga, incluso piezas antiguas que parecían destruidas pero que con un poco de amor podían recuperar la belleza de antaño. También quería aprovechar para comprar algunos libros, ya que solo se había traído unos pocos de Buenos Aires. Guz le había dicho que luego le iba a mandar un par de cajas con lo que había dejado allá, aunque conociéndolo, eso podía demorar.

Se sentó en la vieja poltrona que había sido de su padre y se dejó invadir por los recuerdos de su infancia. Las voces estaban particularmente charlatanas ese día, tanto las de sus padres como las de sus niños, y todos parecían tener sugerencias sobre qué hacer o dónde poner cada cosa. No se sentía sola, ya nunca se sentía sola, y eso era reconfortante.

Tenía mucho trabajo por delante. En su cabeza estaba claro lo que quería hacer, pero estaba empezando de cero y no tenía tiempo que perder. Su idea era convertir la casona familiar en un salón de té estilo francés, donde degustar algunas de las mejores recetas de Adele, que tenía bien guardadas como si fueran su mayor tesoro.

En la libreta de hojas amarillas, escritas a mano con la caligrafía redonda de su madre y decoradas con alguna que otra mancha vaya a saber de qué, estaban las recetas maravillosas que había traído de París, muchas de ellas de la época de sus abuelos, y algunas que Adele había modificado o creado ella misma. Un día no muy lejano iba a tomarse el trabajo de pasarlas en limpio, pero tener esa libreta en sus manos era como tener una parte de su madre allí, acompañándola y apoyándola como siempre.

Además del salón de té, tenía pensado destinar las dos habitaciones del fondo para dar clases de tango, y por las noches, correrían las mesas del patio hacia los costados para despejar la pista y convertir el lugar en una milonga. El plan era perfecto y parecía reunir bastante bien muchas de las cosas que Pina amaba y que formaban parte de su vida, como si fueran los condimentos de un platillo delicioso. El tamaño de la casona que habían comprado sus padres pensando en una familia llena de niños que nunca llegaron, finalmente, iba a resultar útil. No habría niños correteando, pero sí muchas personas felices, comiendo y bailando.

Lo primero que hizo fue reformar la antigua cocina y transformarla en un lugar adecuado para elaborar los productos que iban a ofrecer. Tendría que contratar una buena pastelera, ya que ella, aunque hacía buenos postres, no estaba en condiciones de ocuparse de todo, y un par de personas más para que la ayudaran a atender el salón, pero eso sería luego. "Paso a paso" —se dijo—, consciente de que si se dejaba ganar por la ansiedad entraría en pánico, y eso era lo último que necesitaba. Sí, tenía mucho trabajo por delante y estaba arriesgando en el proyecto hasta el último centavo que tenía ahorrado, pero nunca antes se había dado por vencida y esa no sería la primera vez.

Por suerte, la mayoría de las cosas que Adele y Pierre tenían en la pastelería estaban bien guardadas en cajas, por lo que pudo rescatar un montón de utensilios, moldes y hasta electrodomésticos que, aunque antiguos, todavía funcionaban, y eso redujo bastante la inversión en la cocina. La reforma avanzaba a paso firme y en menos de un mes ya estaba casi pronta.

Mientras tanto, se ocupó de hacer pintar las habitaciones que serían los salones de clase, una de color yema de huevo y la otra de azul Francia, ambas con techos y molduras blancas. Los dos salones transmitían una energía vibrante y, aunque no tenían ventanas a la calle, los rayos del sol pasaban por la claraboya y atravesaban las puertas de madera y vidrio que comunicaban con el patio interior, llenándolos de una luz muy cálida. También había una puerta que comunicaba los dos salones entre sí, que se podía dejar abierta para convertirlo en un solo salón más grande, si era necesario.

El siguiente paso eran las dos habitaciones que daban a

la calle, con sus grandes ventanas de postigones altos, que sería donde irían las mesas para el salón de té. Las paredes las iba a pintar de lila, también con las molduras y los techos blancos. Pondría unas cuatro o cinco mesas pequeñas en cada habitación, con manteles blancos y delicados arreglos florales en tonos de violeta y rosa, para generar un ambiente íntimo y romántico, al mejor estilo parisino. También pensaba poner unas pocas mesas en el patio interior, debajo de la claraboya, y algunas plantas, pero la idea era dejar ese espacio bastante vacío para que luego fuera la pista de baile. Si bien sabía que lo mejor era un buen piso de madera, tendría que conformarse con las baldosas ajedrez bien enceradas, porque cambiar todo el piso iba a salir mucho dinero y de momento no lo tenía.

Todavía faltaban unas cuantas cosas para poder abrir la casa al público y el dinero que había traído de Buenos Aires se estaba terminando más rápido de lo previsto. Tenía que conseguir más, aunque no sabía cómo. Al no trabajar, no solo no estaba generando dinero, sino que tampoco podía recurrir a un banco para pedir un préstamo, y ninguno de sus amigos estaba en condiciones de facilitarle mucho, aunque varios le ofrecieron sus magros ahorros.

La solución vino de la mano de una triste noticia. El maestro Julien falleció y, a falta de hijos, dejó sus bienes y ahorros a sus alumnas más queridas. Y la "*petite* Moreau" había sido sin dudas una de ellas. Parecía que el maestro estaba destinado a ayudarla, incluso desde el cielo. Agripina encendió una vela y lloró por él, agradeciéndole en silencio todo lo que había hecho por ella. Sin embargo, de algún modo sabía que nunca se iría muy lejos, que sería otra más de las voces que la acompañarían toda la vida.

Con el dinero de su maestro, Agripina terminó de arreglar la casona y una tarde fría de julio colgó el cartel con el nombre que había mandado tallar en madera: "*Chez Adele*".

X

Los primeros meses, las personas se acercaban a *Chez Adele* con cierta timidez, un poco apabulladas por el estilo sofisticado del lugar y la comida. La mayoría de los montevideanos estaban acostumbrados a otra cosa, al mate con bizcochos, las tortas fritas y el dulce de leche. Pero quienes probaban las deliciosas recetas no solo volvían, sino que no paraban de hablar de ellas y traían nuevos clientes. Agripina respiró con alivio cuando, una tarde de noviembre, vio personas esperando afuera hasta que hubiera una mesa libre. Ese mes se celebraban las primeras elecciones presidenciales que marcarían el final de la dictadura militar y el retorno a la democracia, por lo que el olor a esperanza se confundía con el aroma a almendras y entre las paredes de colores de la vieja casona se paladeaba la libertad. Pina sintió que era hora de dar el siguiente paso y abrir la milonga.

Si bien el público del salón de té no era necesariamente el mismo que frecuentaría la milonga por la noche, aprovechó la buena reputación que había logrado en poco tiempo y otros contactos que tenía para que la noticia de la próxima apertura corriera como reguero de pólvora. El salón de té cerraba sus puertas a las siete y media, lo que les daba una hora y media para acondicionar el lugar para la actividad nocturna. Las tazas y teteras daban paso a botellas y copas de vino, aunque es bien sabido que el milonguero consume poco. De todos modos, si sobraba algún dulce de la tarde y un cliente lo pedía, lo cual era bastante frecuente, se vendía a mitad de precio.

La milonga de *Chez Adele* se convirtió en el lugar preferido de los milongueros, aunque entre ellos no la llamaban con ese nombre sino como "Lo de Pina" o la milonga "La Pina". El lugar se hizo tan famoso que muchos porteños cruzaban el charco para bailar allí, varios de ellos viejos conocidos o que al menos habían oído hablar de la famosa Pina Moreau.

Al año siguiente, hizo una gran fiesta para festejar su cumpleaños número cuarenta. Decidió dedicar el día previo a mimarse un poco, cosa que hacía tiempo se debía. Fue a la peluquería y transformó su larga cabellera rubia en un *bob* muy corto, con la nuca despejada y mechones puntiagudos que le caían sobre el rostro como pequeñas dagas. Si bien sus ojos verdes mantenían la dulzura de siempre, algo en ese corte la hacía ver más poderosa, como una mujer capaz de sostener el mundo sobre los hombros. Luego, recorrió varias tiendas hasta encontrar el atuendo perfecto para la fiesta: una falda color vino, tipo tubo, larga hasta la rodilla, pero con un buen tajo que le permitiera bailar con comodidad, y una blusa blanca de cuello *jabot* que agregaba volumen a su torso y equilibraba la amplitud de sus caderas, logrando una imagen armónica y sugestiva.

Se miró en el espejo complacida. Ya no era la joven bailarina de los veinte, con cuerpo de flauta dulce, apenas torneado, que deslumbraba en los escenarios parisinos, ni la treintañera exuberante que vestida de rojo jugaba a las corridas de toros por los salones europeos. No, era otra. Una nueva versión de sí misma, más serena, más segura y, sobre todo, más fuerte.

La noche de la fiesta, se calzó unas sandalias doradas que también había comprado para la ocasión y bailó con sus amigos tanda tras tanda, adueñándose de la pista como en las viejas épocas. Todo estaba saliendo muy bien, disfrutaba de una gran libertad y su nueva vida se sentía muy suya. Ella era dueña y señora de sus días y sus noches, de sus aciertos y sus errores. Cuando necesitaba caricias, tenía varios candidatos dispuestos a una noche de desvelo, pero por lo general prefería quedarse a solas con sus voces, que eran la mejor compañía. Ningún perfume igualaba aquél que todavía llevaba impregnado en la piel y los besos le dejaban un retrogusto amargo que prefería evitar. Guz era una sombra que se hacía cada vez más tenue, pero seguía allí, agazapada, esperando el momento de colarse en sus sueños.

Al llegar a Montevideo, Pina había acondicionado el altillo de la casona como dormitorio, y los primeros meses había dormido allí. Pero ahora que las cosas marchaban bien y su economía había mejorado, se había alquilado un apartamento pequeño sobre la calle Colonia, a pocas cuadras de *Chez Adele*. Era en el último piso de un edificio recién construido y tenía una terracita que le recordaba su buhardilla de París, aunque de un tamaño más generoso.

Allí, se sentaba por las noches con una copa de vino y miraba la silueta de la ciudad como quien mira dormir a un niño. A veces cerraba los ojos, se ponía la mano en el vientre e imaginaba una vida distinta. Ella corría en el parque atrás de una niña pequeña que había empezado a dar sus primeros pasos, mientras Guz jugaba a la pelota con un niño más grande. Tomaba a la niña en brazos y se acercaba a ellos, que corrían atrás de la pelota como si tuvieran la misma edad, esquivando uno los pies del otro, y al verla acercarse, se tiraban en el pasto con los brazos en cruz, agotados y a las risas. "No seas masoquista" —se decía al sentir el cosquilleo de muchas agujas pequeñas en la nariz, señal de que estaba por empezar a llorar—.

Entonces se levantaba, ponía música alegre, en general alguna samba brasilera, y empezaba a bailar para espantar los recuerdos tristes. Tenía una buena vida y de nada servía recordar el pasado o imaginar un futuro que se había quedado en el tintero.

Un domingo de abril en que el sol todavía no había perdido su fuerza e invitaba a salir temprano en la mañana, se puso unos jeans y unos championes y se fue a recorrer la feria de Tristán Narvaja como tantos otros domingos. El paseo dominical, tan arraigado en las costumbres montevideanas, era la excusa perfecta para perderse entre libros usados que buscan quien los adopte, aunque sea brevemente, para transportar a los nuevos lectores en sus brazos amarillentos y llevarlos a explorar lugares fantásticos, vivir aventuras con sabor a sal y pescado frito, o degustar amores prohibidos. Además de coleccionar zapatos de tango, afición que nunca había perdido, a Pina le encantaba coleccionar libros. Siempre que iba a la feria volvía con los dedos grises de polvo y el bolso lleno de promesas.

Esa mañana, luego de pasar más de una hora colgada de las estanterías de la librería Ruben, probablemente la más polvorienta de todas pero que le fascinaba desde niña, decidió meterse por una de las calles transversales donde suelen aparecer objetos antiguos bastante curiosos. Evitó pasar por "la esquina del desconsuelo", como la había bautizado cuando era chica (porque estaba llena de jaulas con gallinas, conejos y otros animales que chillaban como si así pudieran evitar el fatídico destino que les había tocado en suerte), y se paró a observar un montón de cubiertos de plata que descansaban plácidamente sobre una sábana blanca. En cuclillas, trataba de encontrar entre la cubertería varias cucharas iguales de estilo francés que quedarían muy bien en el salón, cuando escuchó que alguien decía su nombre.

"Pi-na Mo-reau" —dijo una voz de hombre—. Hablaba en forma pausada, como saboreando el sonido de cada vocal, de cada consonante. “Casi no te reconozco con el pelo corto”. Ella se levantó y vio a pocos metros a Jaime, uno de sus amigos de Buenos Aires. Aunque era uruguayo, Jaime vivía allá desde hacía muchos años y venía a Uruguay de vez en cuando a visitar a sus hermanos. “¿Qué es de tu vida?” —le preguntó—. “Hace mucho que te perdí el rastro”. Pina le contó que ahora tenía el salón de té y la milonga, y que estaba muy bien. “¡La milonga La Pina!” —exclamó él—. “Escuché hablar del lugar, pero nunca lo asocié contigo, ¡qué tonto soy!”. Ella sonrió al verlo agarrarse la cabeza con un gesto teatral y le preguntó por su vida en Buenos Aires y qué hacía ahora en Montevideo. “Mi vida no ha cambiado mucho... la casa, los chicos, la oficina...”. Jaime era abogado, se había casado con su novia de la secundaria y tenía tres hijos adolescentes. “... ya sabés cómo es, la rutina de todos los días. Pero no me quejo, por suerte estamos todos bien. Pablo, el mayor, ya va a la Universidad —continuó—”. Jaime necesitaba poca cuerda para empezar a hablar. “Estoy viniendo a Montevideo seguido porque hace tres años falleció la esposa de mi hermano y trato de acompañarlo un poco. Murió de cáncer la pobre y fue muy duro para ellos. Trato de venir cada dos o tres meses, no es mucho lo que puedo hacer a la distancia, pero bueno, algo es algo. Mis sobrinos son unos niños increíbles. Julia, la mayor, acaba de cumplir los trece y Federico tiene nueve. Cuando puedo traigo a mis hijos, que siempre quieren venir a ver a los primos, pero son muchos pasajes, y sabés que los números no dan para tanto...”. Jaime era un tipo macanudo, pero le encantaba quejarse de la falta de dinero cuando en realidad tenía un muy buen pasar.

Así que antes de que pudiera empezar a llorar sus miserias, le preguntó por algunos amigos que tenían en común, para cambiar de tema. “El Chueco se mudó al sur, a un pueblito cerca de Bariloche que dicen es una belleza. Si mal no recuerdo, se llama Villa la Angostura. Tengo ganas de ir a visitarlo algún día, pero en verano, porque sabés que no soporto el frío. Todo bien con la nieve, pero paso. Mariana sigue flaca como siempre y probando la dieta del momento”. Los dos sonrieron al recordar a su amiga, una de esas flacas que se sienten gordas y que viven de dieta en dieta, aunque en realidad gracias a Dios nunca seguía ninguna rajatabla o hubiese quedado en los huesos. Jaime hizo un breve silencio, como si dudara de seguir hablando, pero continuó... “Supongo que ya te enteraste de que Guzmán tuvo una hija... Por lo que me contó Mariana, estaba saliendo con una chica bastante más joven que él y quedó embarazada nomás. No siguen juntos, pero él reconoció a la nena. Lo vi hace poco de lejos, andaba con la beba en brazos. No sé por qué, pero no pude acercarme a saludarlo. No me acostumbro a la idea de que ustedes no estén juntos”.

Agripina sintió mucho calor, como si de pronto volara de fiebre, y tuvo que hacer un esfuerzo para contener las lágrimas y disimular el nudo en la garganta. Le respondió algo a Jaime, sin saber bien qué le había dicho, dándole a entender que ya estaba al tanto de la noticia, y luego buscó una excusa para seguir su camino, no sin antes invitarlo a que pasara por el salón de té a comer algo con sus sobrinos, o de noche por la milonga a bailar unos tangos. Necesitaba desesperadamente irse a su casa y estar sola.

Llegó al apartamento, dejó los libros sobre la mesa, se quitó los zapatos y se desplomó en el sillón como si su cuerpo fuera una enorme bolsa de huesos que crujieron como madera podrida al chocar contra la estructura forrada de cuero blanco. Las costillas se le abrieron como el telón de un teatro, dando paso al abismo que se deshilachaba en el centro del pecho, y se largó a llorar todo lo que no había llorado en los últimos años.

No le dolía que Guz hubiera tenido una hija, al contrario, se alegraba de que al menos uno de ellos hubiera podido cumplir ese sueño. Pero al imaginarlo con la niña en brazos no pudo evitar pensar en la pequeña Clara y en el niño que ni siquiera llegó a tener nombre. ¡Qué injusto el destino que le había negado a ella la alegría de darle los hijos que tanto deseaba, a ella que lo había amado más que a la vida misma, y luego le hacía llegar el preciado regalo a través de una mujer a la que apenas conocía!

> "Dios, ¿por qué te burlas de mí de esa manera? ¿Qué hice para merecer que hurgues en mi dolor así, sacando las cascaritas que tanto me costó formar? ¿Por qué te regodeas al ver de nuevo mis heridas

abiertas? ¿No te bastó con dejarme los brazos vacíos, el vientre seco y los ojos de piedra? Yo acepté las pruebas más duras y, a pesar de todo, nunca dejé de confiar en ti, no merezco que sigas golpeándome una y otra vez. ¿Hasta cuándo? No puedo más, de verdad no tengo más fuerzas, no puedo...".

El llanto desesperado dio lugar a unas lágrimas más serenas, como las últimas gotas de una tormenta de verano. De pronto ya no sentía rabia, ni angustia, sino la tristeza que se siente al mirar una foto antigua, de alguien que fuimos, pero ya no somos, como si se tratara de una vida pasada. Y en cierta forma así era. La vida que había tenido con Guz parecía la de otra mujer, al igual que la vida de aquella joven bailarina que había vivido en París hacía muchísimo tiempo. Ya ninguna era ella.

Sintió el abrazo de su padre, que la acunaba con su voz de lirio blanco, y el aroma a almendras de su madre. Se abrazó a la almohada con funda de satén, como si fuera la piel de durazno de sus bebés, y escuchó los acordes del piano del maestro Julien. Todos, todos estaban con ella, acompañándola. Esa noche se permitió penar un rato más, pero al otro día se levantó temprano, se dio una ducha larga para sacudir los restos de tristeza que se le habían quedado pegados como lagañas, se puso un vestido verde y salió a hacer los mandados como cualquier otro día. A fin de cuentas, nada en su vida había cambiado.

XI

Un par de días después, Jaime se apareció por la milonga. Pina lo vio de lejos y se acercó a saludarlo. Iba acompañado de un hombre delgado, un poco más alto que él, pero con el mismo estilo nórdico. Tenía el cabello grisáceo, aunque todavía se notaban algunos destellos rubios, los ojos azul claro, y la nariz fina, al igual que los labios. Pina no pudo evitar pensar que en su juventud debía haber sido todo un galán, aunque los años no le sentaban mal. Debía tener poco más de cincuenta. "Pina, te presento a mi hermano Mateo. Mateo, Pina, la mejor bailarina de tango que conocí en mi vida". Ella largó una carcajada ante la pomposa presentación. "Vos siempre tan zalamero" —respondió riendo—. Mateo se limitó a sonreír. Él y su hermano se parecían físicamente, pero tenían personalidades bastante diferentes. Jaime era ruidoso, de esos tipos que hacen notar su presencia apenas llegan a un lugar. El menor de los dos, había sido el más travieso, el más aventurero y el que siempre se metía en líos. Mateo era más callado. No necesariamente tímido, pero le gustaba observar los lugares y a las personas a la distancia antes de integrarse. Pero después, cuando entraba en confianza, era un tipo abierto y conversador, de esos que saben un poco de todo y siempre tienen algo interesante para aportar a la charla.

Agripina se sentó con ellos a tomar una copa, más por cortesía que por otra cosa, pero fueron pasando las horas y ella seguía allí, intercambiando opiniones con Mateo y riendo a carcajadas ante las ocurrencias de Jaime, que siempre encontraba la manera de dar la nota. Hacía tiempo que no se divertía tanto. Mateo era un hombre muy culto. Dueño de una librería, había perdido la cuenta de los libros que había leído y podía saltar de un tema a otro como quien cambia de dial en la radio. Pina lo escuchaba fascinada mientras él hablaba sobre teología y ciencia, política y economía, espiritualidad y música.

Podía haber seguido conversando con él toda la noche si Jaime no la hubiera invitado a bailar. "Vamos, mostrémosle a este pata de palo lo que se pierde por no saber bailar. Además, la gente ya está extrañada de no verte en la pista". Jaime era un buen bailarín, nada descollante pero prolijo para llevar, y se movía con gracia. Desde la mesa, Mateo los miraba circular por la pista y cada vez que pasaban cerca les hacía algún gesto, una sonrisa o una guiñada, como una forma de participar. "La verdad, verte me dio ganas de aprender a bailar" —dijo Mateo, entre serio y burlón, cuando terminó la tanda y los bailarines volvieron a la mesa—. "Cuando quieras te enseño" —respondió ella rápidamente, aprovechando la oportunidad—.

Alrededor de las dos de la mañana Mateo tuvo que irse. Había dejado a sus hijos al cuidado de una prima y no quería abusar y llegar demasiado tarde. Al despedirse, le dio un abrazo muy cálido, como si se conocieran de toda la vida, y cuando se separaron le dijo mirándola a los ojos con picardía: "Te espero por la librería cuando quieras pasar a husmear un poco. Seguro encontrás algo que te interese".

Agripina se sonrojó como una adolescente y lo siguió con la mirada mientras se iba. Caminaba erguido, como alguien que ya enfrentó las vicisitudes de la vida y salió victorioso. Esa noche, al acostarse en la cama, el recuerdo de sus ojos azules hizo que le costara conciliar el sueño, y sintió un suave aleteo en la boca del estómago, como si algo allí dormido empezara a despertar de su letargo.

El viernes siguiente, a media tarde, pasó por la librería. "Verso a Verso" era una de las librerías más grandes de Montevideo, con paredes altas llenas de bibliotecas de piso a techo, a su vez llenas de libros de punta a punta. Para un amante de la lectura, era lo más parecido al paraíso. Mateo había comenzado en el negocio de los libros hacía veinte años, al principio con un socio que le daba más dolores de cabeza que otra cosa, pero luego de algunos años de martirio y discusiones diarias, logró convencerlo de que le vendiera su parte. Ya libre del lastre, Mateo pudo manejar todo a su antojo y el negocio prosperó mucho más allá de sus expectativas.

Pina fue directamente al mostrador, donde Mateo atendía a una clienta. Al verla entrar, le hizo una señal de que lo esperara unos minutos, por lo que ella aprovechó para mirar la mesa de los libros más vendidos. Le llamó la atención ver entre ellos un libro de poesía de Idea Vilariño. "¿De verdad es de los más vendidos?" —le preguntó Pina cuando Mateo se acercó a saludarla—. "La verdad no —respondió él, sonriendo como un niño al que acaban de descubrir haciendo una travesura—, pero me gusta mucho y quiero que la gente lo lea, así que lo pongo ahí para que llame la atención. La gente suele comprar lo que está de moda, así que hay que orientarla un poco". "Punto para Mateo" pensó Pina, quien también amaba leer poesía. "Te invito un café —le dijo él sin más preámbulos—. Después si querés seguís revolviendo los libros, pero hace rato que estoy fantaseando con tomarme uno. Almorcé hace rato y la tripa ya se está quejando. Un cafecito y un sándwich caliente, ¿te tienta?".

Ella asintió. Le gustaba esa familiaridad que se había generado entre ellos casi de inmediato. Él le ofreció el brazo y salieron caminando rumbo al bar de la esquina, un lugar sencillo donde los veteranos pasaban horas jugando al truco, pero famoso por su café. El café se convirtió en dos, y el tiempo fue pasando mientras ellos conversaban sin parar, como si quisieran contarse toda la vida en unas horas.

Cuando eran casi las siete, Mateo miró el reloj y se dio cuenta de que tenía que ir a cerrar la librería. Pero no quería alejarse de Agripina. Desde que había muerto su esposa, nunca había tenido ganas de pasar tanto tiempo con una mujer, pero había algo en Pina que le llegaba al corazón. Era una mujer fuerte e independiente, sí, pero también intuía que era un alma sensible y que, al igual que él, había sufrido bastante. Sin duda había mucho para descubrir allí. "Si tenés ganas —le dijo— acompañame a cerrar la librería y te invito a cenar en casa. Mis hijos van a quedar encantados de conocerte, adoran recibir visitas".

En otras circunstancias Pina hubiera dicho que no. Conocer a los hijos de un hombre que le gustaba —y Mateo definitivamente le gustaba— no era algo que se hiciera a la ligera. Pero la invitación se sintió tan natural, tan espontánea, que decidió seguir su corazón y decir que sí. "Vos terminá lo que tengas que hacer acá, que yo aprovecho y voy hasta La Cigale a comprar helado para llevar de postre. ¿Chocolate y dulce de leche granizado?" —preguntó Pina—. "Perfecto" —dijo él con los ojos llenos de lucecitas.

Mateo vivía en una casa preciosa en Malvín, un barrio residencial más alejado del centro, con mucho verde y jardines bien arreglados. Cuando llegaron, los niños estaban con la señora que los cuidaba por las tardes, terminado de hacer los deberes. Los dos saltaron como resortes cuando vieron entrar a su padre y corrieron a abrazarlo. Se notaba que tenían una relación excelente y que eran todos muy cariñosos entre sí. La falta de la madre probablemente había estrechado aún más ese lazo. Federico era la viva imagen de su padre, rubio de ojos azules, cachetes rosados y sonrisa traviesa. En realidad, se parecía más a su tío Jaime, que era un poco más petizo, aunque todavía era imposible saber si pegaría un estirón y terminaría estilizado como Mateo. Julia, en cambio, debía haber salido a su madre, porque tenía el cabello castaño, con ondas suaves que le llegaban hasta los omóplatos, y ojos color caramelo. Era muy delgada y parecía un poco torpe, con las piernas y los brazos largos, un poco desproporcionados para el resto del cuerpo, típico de la adolescencia; ya no era una niña, aunque todavía le faltaban unos añitos para tener cuerpo de mujer.

En un abrir y cerrar de ojos, Mateo tomó el control de la casa. Se puso un delantal a rayas y empezó a preparar una salsa boloñesa, la favorita de los chicos, según dijeron ellos a coro, para los ravioles. Agripina lo observaba apoyada contra el marco de la puerta mientras los chicos ponían la mesa, muy entusiasmados por tener visita. Durante la cena, Julia no paró de hacerle preguntas sobre cuando vivía en París y era bailarina de ballet. Ella respondía tratando de describirle los lugares con el mayor detalle posible, para que Julia pudiera recrearlos en su mente. En los ojos de la niña, se vio a sí misma escuchando con fascinación los cuentos de Adele. Fede no estaba nada interesado en esas historias y solo se integró realmente al grupo cuando, después de cenar, Mateo propuso jugar a las cartas. ¡Cómo se divirtieron esa noche!

Fue muy diferente de las veladas a las que estaba acostumbrada, ya que no solía pasar mucho tiempo con niños, pero se sintió muy a gusto. “Me gustaría llevarte a tu casa —le dijo Mateo cuando anunció que se iba, al ver que los niños bostezaban sin parar– pero no puedo dejar a los chicos solos a esta hora". Se notaba cierto pesar en su voz, como si no quisiera despedirse. Llamaron un taxi y salieron al jardín a esperar que llegara. "Lo pasé genial –dijo ella a modo de despedida– tus hijos son un encanto". Y le dio un abrazo y un beso tímido en la mejilla.

Mateo la observó unos segundos, miró hacia la ventana para ver si los pequeños estaban espiando y, al ver que no había moros en la costa, la tomó de la cintura para atraerla hacia él y la besó en los labios. Fue un beso breve, como los besos robados bajo la escalera de la escuela de dos niños temerosos de que pase una maestra y los descubra. El calor de su boca y la rigidez de su cuerpo encerraban una promesa. "¿Te llamo mañana?" –preguntó él expectante–. Pina asintió y subió al taxi como si se tratara de una alfombra mágica. Sentía el rostro resplandeciente como la luna llena.

XII

Mateo y Pina empezaron a verse todos los días. Ella lo pasaba a buscar por la librería e iban a cenar a su casa con los chicos, o ellos pasaban por *Chez Adele* para merendar los cuatro, cosa que Julia en particular adoraba. "Esta noche los chicos se van a dormir a lo de la tía Claudia, así que tengo algo planeado para nosotros —le dijo Mateo al oído una tarde mientras merendaban los cuatro en el salón de té—. Pina sintió las entrañas húmedas, como el pasto bañado por el rocío de la noche, y un relámpago le corrió por la columna de punta a punta, anticipando lo que Mateo le había prometido con el primer beso.

> "Me siento como una adolescente, no puedo dejar de pensar en el roce de su piel, la tibieza de sus labios, el mechón de pelo rebelde que le atraviesa el rostro cada vez que está enfrascado en la lectura. Recuerdo el calor de su cuerpo y siento que me quema, me mata la ansiedad. Pero al mismo tiempo, disfruto tanto cada momento que pasamos juntos, cada charla, cada sonrisa, cada cuadra que caminamos tomados del brazo, que siento que no hay prisa. Estar con él es como echarme a leer en una hamaca paraguaya a la sombra de un tilo, en un lugar cerca del mar. Estoy rodeada de paz, el vaivén de la hamaca me acuna y me hace sentir protegida. Pero también escucho el rugir de las olas y sé que están ahí, apenas a un paso, para sumergirme en la pasión de su montaña rusa, empaparme hasta los huesos, sentir la sal en las narinas y respirar más hondo.

Mateo me hace sentir viva. Es la promesa de agua y fuego, aire y tierra".

Mateo la pasó a buscar a las nueve, perfectamente afeitado y vestido con unos pantalones caqui y una camisa celeste que se mimetizaba con el color de sus ojos. Pina llevaba un suéter fino de angora color naranja, muy suave al tacto, y una falda de jean azul oscuro hasta la rodilla. "Estás hermosa" —le dijo él al llegar—, y sin más preámbulo le dio un beso profundo, ansioso por devorarle la boca. Hicieron el trayecto hasta lo de Mateo en silencio. Él manejaba concentrado, como si temiera perder el control del auto si la miraba demasiado, mientras ella le acariciaba la nuca. Mateo había dejado todo listo para cenar, la comida caliente en el horno y la mesa tendida. Solo faltaba encender las velas y poner música.

Sin embargo, apenas cerraron la puerta, se abalanzaron uno sobre el otro como dos adolescentes que necesitan aprovechar el tiempo a solas antes de que lleguen sus padres. Se quitaron la ropa con desesperación. Necesitaban sentir la piel del otro, recorrerla con los labios y sentir cada músculo, cada curva, cada escondite de placer. Él la tomó de la nuca y le echó la cabeza hacia atrás, dejando todo el cuello expuesto para recorrerlo la punta de los dedos. Bajó hasta los pechos y le tomó uno con la mano para llevárselo a la boca como si fuera un mantecado y el pezón el copo de merengue que lo corona. Lo mordisqueó con suavidad hasta que Pina empezó a gemir. Ella buscó con su mano el miembro firme que crecía y crecía al ritmo de sus gemidos y lo guio hasta la entrepierna empapada, excitada e impaciente.

Hicieron el amor varias veces esa noche. Mateo, que no había tocado a ninguna mujer desde que había fallecido su esposa, volvía a sentirse completo. La vida volvía a latir con fuerza en sus venas. Agripina, que en los últimos años había tenido varios amantes ocasionales, por primera vez no recordó el perfume que solía atormentar sus noches y se dejó embriagar por una fragancia nueva, diferente, pero igual de penetrante.

Se durmieron abrazados, con la placidez de los gatos al lado de la estufa las noches de invierno, luego de haber comido. Y despertaron enredados en las sábanas, ávidos de más caricias, con las bocas llenas de besos y los ojos llenos de esperanza.

Seis meses después, Pina se mudó a la casa de Mateo. De alguna manera era como si el universo se estuviera resarciendo. Con Mateo, Pina encontró el hogar que tanto había anhelado. Las tardes en familia, enseñándoles a los chicos a hacer *pain au chocolat* o jugando juegos de mesa, los sábados “de chicas” con Julia, hablando de quién le gustaba o ayudándola a elegir un vestido para una fiesta, las guerras de agua con Fede en el jardín, mientras Mateo intentaba lavar el auto... Pina amaba todo, cada momento. Se encariñó con los niños como si fueran suyos y el cariño era recíproco. Ellos habían encontrado en Pina a la mamá que habían perdido y, aunque ella sabía que nunca podría ocupar su lugar, daba todo de sí para crear un hogar lleno de amor.

Y Mateo... Mateo era un regalo del cielo. No tenía palabras para expresar lo que sentía por él. Era un amor distinto del que había sentido por Guz. Aquel había sido un amor que la quemaba por dentro, como una hoguera chisporroteante que terminó por consumir todo el oxígeno a su alrededor. El amor que sentía por Mateo era como las brasas rojizas de una estufa a leña que, sin tanto espectáculo, mantienen caliente la habitación día tras día. Era un amor más tranquilo, aunque no por eso menos intenso, con sabor a tostadas con miel y aroma a eternidad.

Epílogo

Pina miraba con los ojos vidriosos la pista donde Fede bailaba el vals con su flamante esposa. Se acercó a ellos para bailar con él, como le corresponde a la madrina, mientras Mateo hacía lo mismo con la joven morena vestida de blanco.

Cuando llegó el momento del relevo, Mateo se acercó a su mujer y le hizo una reverencia con galantería, simulando que se sacaba el sombrero, como si la viera por primera vez. Pina llevaba un vestido de gasa verde esmeralda, muy elegante, ceñido hasta la cintura y con una falda vaporosa que cubría desde las caderas hasta las pantorrillas. Por debajo de la falda se asomaban unos tobillos finos y sus pequeños pies de bailarina, enfundados en zapatos plateados de taco aguja. El cabello blanco, recogido en un moño, era como una corona de perlas que realzaba la belleza de su rostro marcado con benevolencia por las arenas del tiempo. La tomó de la cintura con una mano y con el otro brazo la hizo girar sobre sí misma, admirándola. Aunque habían pasado más de veinte años, Mateo se sentía tan enamorado como el primer día.

Entonces se escuchó la vocecita de Tomás, el hijo menor de Julia, que decía: “Mamá, la abuela parece un trompo”. Pina le sonrió con picardía, levantó los brazos como si fueran las manecillas de un reloj marcando las diez y diez, y empezó a girar y girar.

Acerca de la autora

Liz Ardans es traductora pública, escritora e investigadora en diversas áreas de crecimiento personal. Nacida en Montevideo, Uruguay, en 1978, comenzó a escribir a los nueve años, dedicándose principalmente a la poesía y a los relatos cortos. Su enfoque literario, aunque no evade los aspectos más duros de la vida, tiene como objetivo dejar en el lector una sensación positiva y optimista.

Apasionada por la poesía, actualmente se centra en el proyecto **Plumaluciente – Escritura luminosa**, dedicado a esta misión. ***La mujer trompo*** es su primera novela, en la que aborda la resiliencia y la superación con una prosa profundamente poética.

www.ingramcontent.com/pod-product-compliance
Lightning Source LLC
LaVergne TN
LVHW041133150826
845673LV00007B/2309

* 9 7 8 9 9 1 5 4 2 7 3 4 8 *